獣の誓いと水神の恋

野原　滋

幻冬舎ルチル文庫

CONTENTS ✦目次✦

獣の誓いと水神の恋

✦カバーデザイン＝chiaki-k（コガモデザイン）
✦ブックデザイン＝まるか工房

イラスト・奈良千春✦

獣の誓いと水神の恋

ザクザクと人々が地面を蹴る音がする。

人通りはとても多いようだ。地べたに座り込むリュエルの前を、大勢の人の影が通り過ぎていく。

俯《うつむ》いている目の端に、影の持ち主たちの足が見えた。革でできた上等な靴、草の茎で編まれた草履、布の袋を足に被《かぶ》せ、紐《ひも》で縛っただけの靴ともいえないものもある。靴を履いている足は、つるりとした肌色だったり、毛むくじゃらだったり、ビッシリと鱗《うろこ》に覆われたものなど様々だった。

それらの足が通り過ぎ、時々はリュエルの前でほんの一瞬立ち止まり、また歩き出す。そのたびに土埃《つちぼこり》が、乾いた空気の中に舞っていた。

「おい、顔を上げろ」

俯いたまま、地面を凝視し続けるリュエルの前に、上等な革のブーツが立ちはだかった。

「愛嬌《あいきょう》を振りまけとは言わないが、せめて顔ぐらいは見えるようにしろ」

奴隷商の主人が、不機嫌な声でリュエルに命令する。

「そんな態度じゃあ、売れるもんも売れやしねえ。売れ残ったら、もうおまえには生きる道もねえんだぞ。これ以上ただ飯を与えるわけにはいかないんだよ」

まったく、と吐き捨てるようにそう言って、それでも顔を上げないリュエルの顎《あご》を摑《つか》み、強引に上向かせた。

勝手に触るなと強く睨《にら》みつけるが、逆に首の筋が痛くなるほど引っ張られた。その拍子に、リュエルの身体《からだ》につけられた縛《いまし》めがジャラリと音を鳴らす。首輪と手枷《てかせ》、足枷に繋《つな》がれた鎖が、リュエルの動きと連動し、音を立てる。

「……ほう。整った造りをしているではないか」

通り過ぎようとした男が足を止め、無理やり上げさせられたリュエルの顔を覗《のぞ》き込んだ。

「猫族とは珍しい。……いや、そうではないのか？」

リュエルの頭に生えた耳と、腰に巻き付けてある長い尻尾《しっぽ》、そして人族と同じ肌を持つ顔を確かめた男が言った。

「毛並みもよさそうだ。あまり見ない色だが、何処《どこ》の者だ？」

銀と黒の混じった髪の色は、男の知っている獣人のどの種族とも違うようだ。光の具合によって碧《みどり》が浮かぶ金色の瞳は希少種である猫族の特徴だが、リュエルのそれは黄金《こがね》色が強い。見た目は猫族に近いが、そうではないらしいと男が首を傾《かし》げている。

リュエルは大陸の端にある村で生まれた。集落を作っていたのは、猫族の獣人だった。獣人は、その種族によって、様々な顔貌をしている。人に近い容姿の種族もいれば、獣の血が濃く映し出される種族もある。猫族は、三角の耳に大きな瞳、長い尻尾と背中に流れる毛並みが特徴だが、他の獣人に比べれば、人族に近い外見をしていた。けれどそんな猫族の中でも、リュエルは少し違う容貌を持って生まれた。

リュエルの母親は濃淡のまだらな灰色の毛並みだったが、リュエルのような銀ではなかった。父は黒髪に黒い瞳をしていた。家を空けることが多く、リュエルが十一歳のときに死んでいるので、あまり多くの思い出はないが、リュエルのこの容貌は、父から受け継いだものだ。リュエルの父は人族なのだ。異種族での婚姻は珍しくはないが、より近い種族同士に限られるのが常だ。リュエルも自分の両親以外で、人族と獣人が結婚したという話を聞いたことがない。猫族の母と、人族の父を持つリュエルは、どの種族にも当てはまらない、独特の容姿を持つ者だった。

「これだけ器量がよけりゃ、愛玩用に売れそうだが。まだ幼いな。いくつだ」

好色な瞳でリュエルの顔を覗き、男が笑った。

「十六って本人が言っていましたが、どうだか。旦那、こいつには愛玩用は無理なんですわ。労働用じゃないと」

奴隷商が男に説明をしている。

「枷をつけて働かせるのが一番です。身体能力は高いんですよ。ただ、あっちのほうで扱おうとするのはやめておいたほうが無難なんですわ」

「そうか。まあ、これだけの器量を持ちながら、この階級に落ちているのだからな。相当な訳ありということか」

リュエルを買おうとした男が、顎に手を当てて考え込んでいる。

奴隷には階級があり、金持ちの屋敷で下働きをする者や、旅の荷物運び、開拓地で井戸掘りや採掘などの労働を強《し》いられる者、男が言ったように愛玩用として扱われる者など様々だ。リュエルも最初はその見た目から、愛玩用として売り出されたが、どんどん階級を落とし、今では犯罪奴隷という扱いで、こうして売られていた。

売られた先々で反抗的な態度を繰り返し、終《しま》いには主人に怪我《けが》を負わせるという事件を起こした。賠償金を取られた上に、再び奴隷商のもとへ突き返されてきたのだ。

今日買い手がつかなければ、重罪を犯した最低階級の奴隷と同じ場所に送られることになっている。身体の強い獣人でも、一年ともたずに皆死んでいくという場所で、文字通り死ぬまで働かされるというわけだ。

そこまで落ちるにしては、まだ使い道がありそうなリュエルを、奴隷商は少しでも高い値段で売りつけたいようで、こうして客の前に出している。

「ほら、おまえだって死ぬよりはましだろうが。ちょっとでもやる気を見せろ。旦那、気は荒いですが、身体は丈夫だ。どんだけ虐げても早々には死なないことは保証します」

リュエルの器量に誘われて、食指を動かした男に、奴隷商がここぞとばかりに売り込んでいる。

「上手《うま》く調教すれば、いずれ夜のほうにも使えるようになるかもしれませんよ。旦那の腕しだいですわ」

奴隷商が下卑《げび》た笑いを浮かべて言った。そんなことになってたまるかと、リュエルは歯を剝《む》きだして男と奴隷商を威嚇し、自分の顎を摑む指をかみ切ろうと首を動かした。

「っ、……てめえ！」

歯を立てる寸前でリュエルから手を離した奴隷商が、真っ赤な顔をしてリュエルを睨み下ろした。すぐさま拳が飛んできて、頰を打たれる。ゴッ、という鈍い音と共に、リュエルの顔が弾《はじ》け飛ぶ。

「ちょっとでも条件のいいところへ売ろうとしてやってんのに、その態度はどうだ」

二度、三度と打ち付けられながら、リュエルは声も出さずに奴隷商を睨み続けた。

自分の手には負えそうにないと、客の男の足が遠ざかり、奴隷商の拳がますます激しくリュエルを打つ。

痛みなどどうでもよかった。自分を買おうとしたあの男の目つきが気に入らない。そんなやつの下で働かされるよりは、採掘場に放り込まれたほうがよっぽどましだと思う。

外見は他と違っても、自分は立派な猫族なのだと自負している。人族の玩具《おもちゃ》になど絶対にならないのだ。

「おうおう。派手にやってんな。そんなに殴ったら、いくらなんでも壊れるんじゃないか」

ガツガツと殴られているリュエルの頭の上で、また新しい声がした。奴隷商の拳が止《や》み、「これはどうも」と機嫌の好《い》い声を出す。変わり身の早さに心の中で笑いながら、リュエルは再び下を向いた。今度は顎を摑まれても絶対に上げるものかと、自分の足首に巻かれた枷を見つめる。

「商売の具合はどうだい？　随分羽振りがいいと聞いているぜ？」

「まさか。今見た通りですわ。こいつのせいで、客が寄ってきてもくれません」

二人は顔見知りのようで、親し気に会話をしている。

「ああそうだ。売れ残りを運ぶのに、また頼みますわ」

「……あー、こいつらを運ぶのは嫌なんだよ。臭いし、途中で死ぬから始末が面倒なんだよな。生ものはなるべく扱いたくないんだが」

奴隷を「生もの」扱いした男が軽い口調で言い、奴隷商が「それが商売でしょうが」と笑っている。

会話の内容から、男が町を渡り歩く運搬業者だということが分かった。この町へやってくるときも、リュエルたち奴隷は、狭い箱の中にギュウギュウに押し込まれて運ばれてきた。

大陸は広く、ほとんどが乾燥地帯で砂漠も多い。水も与えられずに運ばれていく中、死んでいく者も少なくなかった。

「それで、こいつも売れ残りか？　獣人ならすぐに売れそうだがな。しかも猫じゃないか」

小動物系の獣人は、特に数が少ない。力関係で淘汰《とうた》されてしまったからだ。猫族も戦闘能力は高くても、大型の熊族や狼《おおかみ》族などには敵《かな》わなかった。そうやって長い歴史の中で、だんだんと大陸の隅に追いやられ、ひっそりと暮らしていたのだ。

男の声に、また顔を上向かせられるのかと身体を硬くしたが、今回は奴隷商の腕は伸びてこなかった。男が客ではないためか、それともリュエルを売る気がなくなったのか、「売れねえんだわ」と、ぞんざいな声を出す。

「とにかく反抗的でね。まったく改心しなくて、売ってもすぐに戻されてくるんですわ。拾いもんですがね、はじめはだいぶ高く売れたんですよ？　それがどんどん落ちちまって、この通りなんですわ」

大陸の端で行き倒れているところを、奴隷商に拾われた。元いた場所から逃げてきたリュエルには保護者もなく、金もなかったため、そのまま奴隷として引き取られたのだ。

最初は別の町にある奴隷商の館で売りに出された。そこは比較的優良な奴隷を扱う店だった。そうしてリュエルが出戻ってくるたびに、町を転々と移動させられ、今は市場の片隅で投げ売り状態のまま展示されている。

「愛想をよくしろとは言わないが、ほんのちょっとでも従順にすれば、ここまで落ちることもねえのにな。どんなに言い聞かせても聞きゃしない。早く死にたくて仕方がないらしい」

奴隷商が呆《あき》れたように溜《た》め息《いき》を吐《つ》く。もう望み通りにしてやるしかないと、リュエルを死地に送り出す決心をしたようだ。

「死に急ぎには手もないですわ」

別に急いで死にたいわけではない。むしろ絶対に生き延びてやると、固く決意をしている。どんな場所に送られようと、自分は生き抜いてみせる。

ただ、愛玩用の玩具にされるのはまっぴらだった。下働きとして売られても、そこの上司や仲間から、下卑た誘いをかけられるのも我慢ならない。

人とも獣人とも違うリュエルの容姿は目を引くようで、何処へ行っても欲望の対象として見られるのが苦痛だった。

奴隷に落とされようと、何処に売られようと、他人の玩具になんかならない。そうやって反抗して、反抗して、ここまでやってきたのだ。

「生きるのを諦めているようには見えないがな」

不意に、別の場所から新しい声が降ってきて、リュエルは思わず顔を上げた。真っ黒な瞳がリュエルを見下ろしている。頭に大きな布を巻き、その隙間からは黒い毛が覗いていた。

「……ふうん。強い目をしているじゃないか。そんなんで、死に急いでいるのか？」

声と視線が全身に突き刺さり、リュエルは無言でその男を見上げた。

目が会った途端、耳の奥から不思議な音が響いてくる。ザザン、ザザン……という音は、今まで聞いたことのないものだ。

よく分からない現象に茫然《ぼうぜん》としていると、男の手がすっと伸びてきて、リュエルの耳を摑んだ。振り払うことも忘れ、黙って触られていると、「ふむ、ふわふわだ」と、男が言う。

「従順なだけが良い奴隷とは限らないだろう。丈夫そうだし、意志の強そうな顔をしている」

「なんだ。珍しいな。気に入ったのか？　エイセイ」

先ほど奴隷商と会話を交わしていた男が、リュエルの耳を触っている男に聞いている。二人は連れ同士のようだ。

「気に入ったわけではないが、使い物にならないほどの粗悪品だとも思えない。だいたい改心させると言っても、悪心を持っているわけでもないんだろう？」

リュエルの耳を弄《いじく》りながら、「死にたいわけではないのだろう」と言う。

「そんなに気に入ってんなら、こいつを買おうか？」

「いや……」

「おまえが他の者に興味を持つのは珍しいからな。欲しいなら買ってやるぞ？」

二人の会話に、奴隷商が揉《も》み手を作る。

「安くしてくれんだろ？」

「いやあ、どうしましょうかねえ」

「何言ってやがる。処分するしかねえようなことを言っていたじゃないか」

二人が世間話から売買交渉に移り、その間にも、エイセイと呼ばれた男がリュエルの耳を触っている。

「黒と銀か。珍しい色の組み合わせだな。うちには熊がいるんだが、仲良くできるか？」

耳をしつこく触られながらそう聞かれ、リュエルはハッとして「触んな」と頭を振った。

「エイセイ、そいつ、愛玩用には無理みたいだぞ」

連れの男の声に、エイセイが「まさか、こっちもごめんだ」と言いながら、もう一度リュエルの耳に手を伸ばしてきた。さっきは不意打ちでつい油断してしまったが、気軽に触らせるものかと、リュエルは歯を剝きだした。眼前にあるエイセイの手首に嚙《か》みつこうと口を開けると、いきなり口を塞《ふさ》がれた。「んぐう」と呻《うめ》きながら目を見開く。嚙みつこうとしたリュエルの口に、布が突っ込まれている。

「油断ならないな」

何処から出してきたのか、丸めた布でリュエルの口を塞ぎ、そうしながらもう一方の手で耳を触ってくる。

「おお、懐かれてんな。もうじゃれ合っている」

「そう見えるか?」

男が笑い、エイセイが眉を寄せる。手はリュエルの耳を摑んだままだ。

「見える見える。可愛《かわい》がってやれよ。ちょっと俺にも触らせろよ」

「んぐう、ぐうぅううう」

リュエルは布の塊で口を塞がれたまま、二人の男にいいように耳を触られていた。

町の外れ。リュエルが売られていた市場からほど近い広場の片隅に、リュエルはいた。焚火《たきび》が焚かれている場所の奥には、五台の幌馬車《ほろばしゃ》が並んでいる。馬は外され、馬車の後ろに隠すようにして繋がれている。

ここは邸宅や宿に滞在しない者たちが、野宿をする場所らしく、リュエルたちの他にも、テントを張ったり、馬車の中に引きこもったりして、各々の時間を過ごしている。

リュエルは今、馬と馬車の見張りとして、焚火の前に座っていた。首輪と手枷は外されていたが、足枷はついたままだ。両方の足を鎖で繋がれているから歩幅は取れないが、逃げようと思えば逃げられると思う。空に月はなく、焚火から離れればすぐに闇に包まれるのだ。猫族のリュエルには、足音を消し、姿を隠すことなど造作もない。

「油断……か？」

エイセイたち人族に比べ、獣人の身体能力はかなり高い。それなのに、こんな扱いでいいのかと、リュエルは首を傾げた。こんな緩い縛めでは、逃げてくれと言っているようなものではないか。

奴隷を買い取った初日なら、足枷だけ嵌《は》めるなどという処置はしないものだ。檻《おり》や小屋にでも閉じ込めるか、外に出しておくにしても、もっと厳重な枷を嵌めるはずだ。

「油断しているのか？」

突然背後から声が聞こえ、リュエルはヒュッと息を呑《の》み込んだ。まるで気配などなかったのに、すぐ後ろにエイセイがいたのだ。

「……吃驚《びっくり》させんな」

「おまえが油断しているからだ」

「してねえよっ」

油断と言ったのは、リュエルを買い取ったエイセイたちを指してのことだ。

「あと少ししたら交代だ。そのあとは朝まで寝ていいから」

「そりゃあいいけど……」

枷の緩さもそうだが、奴隷のリュエルに交代で休憩をさせるというのも解せない。

「そろそろあいつらも戻ってくる頃だ」

市場でエイセイと一緒にいた男の名は、ガガリといった。彼らはリュエルが想像した通り、町と町の間を行商して歩く、キャラバン隊だった。二人の他にも十三人の隊員がおり、その中にイザドラという女が一人だけいる。ガガリが隊長で、イザドラが副隊長だということだ。

今日は、町の富豪の屋敷に招かれ、ガガリが数人の仲間を連れて商売に行っている。他はここに残り、馬車と馬の見張り番をしているところだ。商談は主にガガリとイザドラの仕事で、他の連中は荷運びなどの力仕事と用心棒の役割を担っている。広い大陸を渡り歩くには、何よりも腕っぷしの強さが重要らしい。

「飲むか」

顔を上げると、水の入った器を渡され、リュエルは素直に受け取った。なみなみと注がれた水を一気に飲み干す。喉が潤ったことで、相当渇いていたことを自覚した。

リュエルたちの住むこの大陸、イルヌールは、雨が少なく、町を外れれば砂漠の広がる場所も多い。今いるこの町には細い川が流れていて、比較的緑があるが、それでも空気は乾燥している。

そんな場所なので、飲み水は貴重品で、多くの人は酒で喉を潤すのだ。こんなふうに奴隷に器一杯でも、水を差しだすことは稀有《けう》なことだと思う。

焚火に枝をくべながら、リュエルは隣に座るエイセイを盗み見た。

昼間見たときと同じように、エイセイの頭には布が巻かれていた。額まで覆われた布のせいなのか、表情の動きは少ない。布の下にある瞳は静かだが強い。布から出ている黒髪は長く、癖のない直毛のようだ。ガガリも同じ黒髪だが、あっちは癖が強い。ウエーブの掛かった髪を一つに纏《まと》めていた。

ガガリの瞳は薄い青で、エイセイの瞳は髪と同じ黒色だ。二人とも整った顔つきをしているが、造作の大きいガガリに対して、エイセイの造りはどことなく控えめに見えた。笑顔の大きさだとか、表情の出具合だとかでそう見えるのかもしれない。ガガリは声も表現も大げさで、エイセイはその反対だ。半日一緒にいるが、エイセイの笑った顔は見ていない。もっ

とも、奴隷のリュエルに笑顔を見せる必要もないのだが。

焚火を見つめるエイセイの横顔は、スッと鼻筋が通っていて、涼しくも凛々《りり》しい印象を与えている。いきなりリュエルの耳を掴んだときも、冷ややかな無表情だった。「ふわふわだ」と言いながら、まったく表情を動かさずに、しつこく弄り倒していた。

そういえば、初めてエイセイと視線がぶつかったとき、不思議な音が響いたことを思い出した。あのあとの出来事ですっかり忘れていたが、あれはいったいなんだったのだろう。

ザザン、ザザンと繰り返される音は、聞いたことがないのに、懐かしい感じがした。葉擦れの音に似ていたが、それよりももっと柔らかく、もっと壮大だった。

今横にいるエイセイを見ても、あの音はしてこない。空耳だったのか、それともエイセイはまったく関係なく、何処からか流れてきた音を拾っただけだったのかもしれない。

リュエルは耳がいい。大きな耳を音源の方向へ動かせば、かなり小さい音でも拾うことができるのだ。

もう一度あの音が聞きたい。市場へ行けばまた聞くことができるだろうか。

そんなことを考えながらエイセイの横顔を眺めていて、ふと後ろのほうで「パキリ」と枝が折れる音を聞いた。顔を上げ、音のしたほうへ耳を向け、気配を探っていると、エイセイが「どうした」と言った。

「なんかいる。枝の折れる音がした」

リュエルの言葉に、エイセイが立ち上がる。腰に差した剣に手を添え、リュエルの示す方向をジッと見つめる。

「ガガリたちが帰ってきたのか」

「違う。大勢じゃない。もっと軽い……。動物かもしれない」

ピクピクと耳をそばだてて、更に気配を窺《うかが》っていると、エイセイが「探れるか？」と言った。足枷があるので難しいかと思ったが、探るだけならなんとかなるかもしれない。立ち上がろうとするリュエルに、エイセイが「待て」と、手で動きを制する。

気配を探るのをやめないまま、動きを止めてエイセイを見上げる。エイセイはリュエルを見下ろし、その視線をリュエルの足に移した。そしておもむろに剣を振り上げる。

ガチリと音が鳴り、剣先が地面に突き刺さる。止める暇もない、一瞬の出来事だった。

「見てこい。音を立てるなよ」

リュエルの両足を繋ぐ鎖が切られていた。驚いているリュエルを気にすることもなく、顎を僅《わず》かに動かし、行ってこいと促す。

「見てくるだけでいい。何か見つけても、見つけなくてもすぐに戻ってこい。俺は仲間を呼んでくる」

リュエルを斥候《せっこう》として先に行かせ、その間に別の見張りを呼ぼうとしているらしい。異変があっても、完全にここを留守にするわけにはいかない。

再び顎で示され、リュエルは切れた鎖の端を持ったまま、音が鳴ったほうへと足を進めた。

十歩も進むと、背の高い草が生えた場所に辿《たど》り着き、焚火の明かりが届かなくなった。辺りは真っ暗になる。けれど獣人のリュエルにははっきりと見えていた。草と石ころが混じった痩せた土の上を、音もなくしのび歩く。枝が鳴った場所はすぐに見つかった。乾いた土の上に、折れた小枝が落ちている。

「……この辺りなのか？」

再び背後から声が聞こえ、リュエルは肩を撥《は》ね上げた。声を出さなかっただけ偉いと自分で思った。獣人でもないのに、よくもこれだけ気配を消したまま行動できるものだと感心する。

「あっちの見張りは頼んできた。合図をすれば、ここにもすぐに駆けつけてくる」

剣の柄《つか》に手を添えたまま、エイセイが低い声で言う。リュエルは枝を手に取り、じっくりと検分した。

「足跡はない。人でも獣人でもないようだ。たぶん動物。犬か、タヌキぐらいの大きさだ」

枝の折れ方と、地面の痕跡を見て、リュエルはそう判断した。

「盗賊ではなさそうか」

「うん。違う。餌があるかと思って見に来たんだと思う。でも戻っていった。もうここら辺にはいない」

「では戻ろう」

リュエルの返事を聞くや否や、エイセイが踵《きびす》を返し、焚火のある場所へ戻っていく。リュエルは鎖の端を掴んだまま、そのあとに続いた。確かな足取りで前を行くエイセイを追い掛けながら、簡単に信じるのだなと、不思議に思った。

リュエルが嘘《うそ》を言ったのかもしれないのに、そんな可能性はないと断定したようにエイセイは真《ま》っ直《す》ぐ歩いている。実際リュエルは嘘を吐いていないし、自分なりにちゃんと確かめ、自信を持って答えた。だけどエイセイにはそれが分かるはずもないのに、疑うことをしないのが、とても不思議だ。

火の側《そば》まで戻ると、見張りをしていた三人が立ち上がった。二人は人族、もう一人はドゥーリという熊族の男だ。リュエルよりも頭三つ分身長が高く、頭には丸い形の耳が生えている。顔つきはリュエルよりも獣に近く、全体的に毛で覆われていた。丸太のような棍棒《こんぼう》を肩に担ぎ、リュエルたちのほうへ近づいてくる。

「敵か？」

「違った。犬かタヌキだと」

エイセイの報告に、ドゥーリの身体から力が抜けた。

「じゃあ、このまま交代しよう。ご苦労さん」

ドゥーリに言われ、リュエルはエイセイと共に馬車のほうへと歩かされる。

「おれ、見張り続けるよ」

「どうせ交代の時間だ」

「でも、おれ、早合点して迷惑かけた」

リュエルが騒がなければ、彼らはもう少しゆっくり休めたはずだ。それに自分は奴隷だ。ここの人たちと同じ扱いでいいわけがない。

「見張りの仕事は異変をいち早く見つけ、知らせることだ。何もないことが確認できた。十分果たしただろう」

「でも」

「うるさい。ごちゃごちゃ言うな。俺は休む」

遠慮したのにそんなふうに言われ、リュエルはムッとして隣を歩くエイセイを睨み上げた。ドゥーリほど大きくはないが、エイセイもリュエルより頭一つ半ぐらいは大きい。猫族はもともと小柄で、リュエルは人族の父を持っているのでその中でも大きいほうだ。それでもキャラバン隊の人たちの中では最も背が低く、女のイザドラにも負けている。

「交代の人員をずらすと、あとがどんどんずれていく。序列を乱されるほうが迷惑だ。決められた通りに見張りをし、決められた通りに休め」

そう言われると、従うしかない。

「荷物が減ったから、馬車で横になれる。毛布もあるから、それを使え」

「外でいい」

リュエルの返事に、エイセイが振り返り、じっと見つめてきた。

「好きなように寝ればいい」

「そうする」

無理強いすることもなく、エイセイは一人で馬車の中に入っていった。リュエルはそれを見届け、その辺の軟らかそうな土の上に横たわる。

遠くでは、焚火にくべた枝の爆《は》ぜる音がしていた。横になってしばらくすると、ばさりと身体の上に毛布を投げられる。

「夜は冷える。ここは火の側じゃないから」

毛布を摑んで起き上がると、すでにエイセイの姿はなくなっていた。与えられた毛布に身を包み、リュエルは再び横になる。

「なんか、……調子狂う」

奴隷商に拾われてから一年余りが経《た》つ。その間に色々なところをたらい回しにされ、酷《ひど》い目にも遭った。

他と共存できない自分の性質が災いしているのは確かだが、辛《つら》かったのは、何処へ行っても尊厳を奪おうとされることだ。奴隷というより先に、獣人だから手荒に扱ってもかまわないという意識が、あからさまに伝わるのが悔しかった。

獣人はその種類が雑多だが、人族に比べれば数が極端に少ない。生産性が低く、リュエルの生まれた村でも生活は常に貧しかった。それでも個々の身体能力は高く、人族に劣っているとは決して思わない。だけど人族は、獣人を自分たちよりも下の者として嘲《あざけ》り、使役しようとするのだ。

リュエルの父は人族だが、父以外の人族は嫌いだ。今まで出会った人族との交流で、いい思いをしたことなど一度もなかったからだ。

そんな人族に反発し続け、今の状況に至っている。本来なら重犯罪奴隷の扱いで、もっと過酷な作業場へ送られるところだったのに。

覚悟はしていたが、好き好んで行きたいと願ったわけでもない。だけど諦めもしていた。それなのに、今こうして毛布を与えられ、休憩を取ることを許されているのだ。

足枷の鎖も切られたままだ。リュエルを働かせるのに仕方がない処置だったとはいえ、なんの躊躇《ちゅうちょ》もなく鎖を切ったことに驚いた。しかもその後エイセイは枷を繋ぎ直すこともせず、リュエルを一人にして、馬車で休んでいるのだ。

「忘れてんのか？　馬鹿なのかな」

枷はついたままだが、鎖がないならすぐにでも逃げられる。それともリュエルが逃げても簡単に捕らえられると踏んでいるのか。気配に気づかず、二度も背後を取られた。そういえば、初めに耳を触られたときも、噛みつこうとして口に布を突っ込まれたときも、リュエルは何もできずにいたのだった。

逃げおおせるか、それとも簡単に捕まってしまうのか。……逃げられたとして、何処へ逃げればいいんだろう。

金もなく、装備も持たず、この町を出て、砂漠を越えていけるのか。

「無理だよな」

そもそも奴隷商に拾われたのだって、逃亡中に行き倒れたのが原因だ。今ここから逃げ出したとして、リュエルに自力で生き残れる道はない。

「……まあ、逃げる気もないんだけど」

逃げたらどうなるかと考えを巡らせながら、本心から逃げようとは思っていないことも自覚していた。

水をもらい、毛布を分けられ、交代だといって、平等な休憩の時間までもらっている。何よりも、見張りの仕事でリュエルのしたことを、十分果たしたと言ってくれたのだ。

ここにいる人たちは、今までリュエルが買われていった先の人族とは違うような気がする。

「明日になったら鞭《むち》で追われるかもしれないけどな」

甘い考えは持たないようにしようと心に決めながら、リュエルは与えられた毛布に顔を埋《うず》めた。身体を丸めると、足についている鎖が引き摺《ず》られ、音を立てる。だけど繋がれていない足は何処までも移動し、いつもよりもずっと動きやすい。

考え事をしながらウトウトしていてふと、話し声が聞こえ、リュエルは目を覚ました。焚火の前の見張り番がまた交代したようで、さっきとは違う声がする。

「……まったく得られなかった」

微《かす》かに聞こえる声の主は、ガガリだった。商売を終え、戻ってきたらしい。

「そうか。簡単には見つからないと思っている」

次に聞こえてきたのはエイセイの声だった。休んでいたはずだが、リュエルが寝ている間に再び焚火のところへ戻ったらしい。

「小さい町の富豪ぐらいじゃあ、大した情報は持ってないな」

「そうだろうな。そうなると、やはり……王族ぐらいにまで近づかないと無理か」

ボソボソと相談する声が、火の爆ぜる音と共にリュエルの耳に入ってくる。

「まあ、焦ることはないさ。時間を掛けてじっくり潰していこうぜ」

ガガリが陽気な声で、エイセイに言っている。

「ああ、焦ってはいない。ただ、確かめて、……安心したいだけだ」

静かに答える声音《こわね》は、焦ってはいないと言いつつも、何処か切羽詰まっているように聞こえた。

会話の詳しい意味は分かるはずもないが、二人は探しものをしているらしい。そのための情報を集めようとしているのだろう。探しているのはエイセイで、ガガリはそれに協力をしているようだ。そしてそれは、エイセイにとって、とても大事なもののように感じた。

「探ったりするのは、おれ、得意なんだけどな」

猫族のリュエルは、音を立てずに忍び込んだり、今のように遠くの声を聞き分けて、情報を探ったりできる。

もし、今日のように斥候を託されたら、誰よりも上手く仕事ができるはずだ。

……まあ、奴隷として買われたリュエルに、そんな仕事をさせてくれるのか分からない。

エイセイにとって大事なものなら、尚更《なおさら》リュエルなんかに託そうと思わないかもしれない。

だけどいつか、そんな仕事を任されたらやってあげてもいいと思う。同じ獣人のドゥーリも、このキャラバンで用心棒として重宝されているらしいから。

彼ほどの戦闘能力はなくても、素早さと勘の良さで、リュエルもかなり戦える。

「その前に、あいつらの気配を全部覚えなくちゃな」

ガガリもイザドラも、ドゥーリも、そしてエイセイも。全員の気配を覚えてやろう。

もう二度と背後に立たれて驚くような真似はしたくないのだ。

焚火を囲む男たちの会話を子守歌代わりにしながら、リュエルは毛布を被り直し、再び目を閉じた。


リュエルがガガリのキャラバン隊に買われてから五日が経った。

この町での商売が終わり、次の場所へ移動することになった。馬車に馬が繋がれ、列をなして動き始める。

運び込んだ荷物は大方が売れ、また新しく商品を仕入れ、次の町で売り捌《さば》くのだ。積み荷の中には、リュエルと一緒に運ばれてきた奴隷たちもいた。次の町で、別の奴隷商に引き渡される算段らしい。

「金さえ積まれれば、俺らはなんでも運ぶからな」

檻ごと荷馬車に乗せられた奴隷の数は七人だった。リュエルが運ばれて来たときは十五人以上いたから、半分は売れていったようだ。

五日の間、キャラバン隊のうちの十五人は、ほとんど広場で野営をしていた。イザドラだけが宿に泊まったり、テントを張って一人で過ごしたりと、他の仲間たちとは少し違う過ごし方をしていた。

空きのあった馬車に別の荷物が増えてきて、馬車の中で寝ていた人たちが、だんだんと外で寝ることが増えてきた。リュエルとドゥーリだけは、どんなときでも外だったが。ドゥーリは身体の事情で馬車の中では寝られなかったし、リュエルも外で寝るほうが気兼ねがない。毛布を貸してもらえ、ここは雨も滅多に降らない乾燥地帯だ。

「よし、休憩だ。あの大木の下につけろ」

町を出発してから半日が経った頃、ガガリがそう言って先にある大木を指した。ここまでも、馬に水を飲ませたり、馬車に揺られて固まった身体を解《ほぐ》したりと、短時間の休憩を頻繁に取っていたが、ここでは食事も取ることになるようだ。

男たちがそれぞれ荷物や食材を運び出し、木や石を組んだ竈《かまど》を作って、火をおこし始める。リュエルも手伝おうと、荷下ろしをしているドゥーリの馬車に駆け寄った。

「リュエル、その前にこっち来い」

食材の入った木箱を受け取ろうとしているリュエルをガガリが呼び、そこまで走っていく。

「座って足を出せ。そう、動くなよ」

言われるまま地面に尻をつけ、両足を投げ出す。両足首には鉄の枷がついているが、鎖はエイセイに切られ、引き摺ったまま動き回っていたものだ。

「もう部外者の目はないからな。外してやる」

そう言って、ガガリが手にした鍵を枷の鍵穴に挿し込む。カチャリという音がして、枷が外れた。急に軽くなった足を見つめ、リュエルは茫然とする。

「いつまでもそんなもんくっつけといたら動きにくいだろ？」

「でもおれ、奴隷だぞ？」

こんな自由を与えていいのかと、ガガリの顔を仰ぎ見た。

「ああ、奴隷だな。俺が買った。エイセイの愛玩用として」

ガガリが楽しそうに片眉を上げ、その言い草に食って掛かろうとしたリュエルは、背後の気配を察知して、サッと横に飛んだ。振り返った先には、案の定エイセイが立っている。目の前から素早く移動したリュエルに、ほんの僅か目を見開き、それからいつもの無表情に戻った。

「おれは愛玩用になんかならないぞ」

「こっちこそそんなことは望んでいない。ガガリ、いい加減なことを言うな」

エイセイが凍えるような低い声を出すと、ガガリが「え、違うのか？」と、笑い声を上げた。

「枷を外してやれと言ったのは、おまえじゃないか」

「言ったが、それと愛玩用とは別だろう」

二人の会話にリュエルは大きく目を見開き、「なんで？」と問うた。

エイセイは相変わらず表情を崩すことなく「邪魔だったんだろう？」と、逆に問う。

「ああ、そりゃまあ……」

「じゃあ外してもらってよかったじゃないか」

それはそうだが、合点がいかない。

問題は解決したという態《てい》で、何が不満なのだという顔をされ、リュエルは答えに困った。奴隷なのにいいんだろうかと、一緒に運ばれてきた七人の奴隷が入れられている馬車に目を向ける。

あそこに入っている奴隷たちは、今も枷を嵌められて、檻の中に詰め込まれている。人数は減ったし、以前よりかは環境が改善されたとしても、奴隷としてあそこに閉じ込められているのは変わらない。

リュエルの視線の先を追ったガガリが、「ああ、あいつらな」と言って顎に手を当てる。

「全員同じ境遇にしてくれと頼まれても、そりゃあ無理だ」

「分かってる。そんなことは言えないし、望んでない」

誰もが同じ境遇になることなんかあり得ない。だけど、反抗に反抗を重ねて死地に送られる寸前だったリュエルがこのキャラバン隊に買われ、売れ残った七人の奴隷は未《いま》だに檻に閉じ込められている。何が分かれ目だったのか、今でも分からない。そして分からないまま、罪悪感だけが胸を刺すのだ。

「エイセイに気に入られたのが運のツキだったな」

ガガリが笑って言った。

「気に入ったとは言っていない」

「けど欲しかったんだろ？　『ふわふわ耳可愛い』ってやに下がってたじゃないか」

「言ってないしやに下がってなどいない」

淡々と無表情のまま反論するエイセイに、ガガリは「素直になれよ」と笑っている。

「縁ってもんがあると思うんだよ、俺は」

エイセイをからかいながら、ガガリがリュエルに向かってそう言った。

「あの奴隷商とは何度も商いを交わしたが、奴隷を買ったのは初めてだ。まあ、別のところから買ったことはあるがな」

そう言ってガガリが作業をしているキャラバンの連中に目をやった。

「え、あの中に奴隷がいるのか？」

「ああ、腕が立つのと丈夫なやつが欲しかったからな」

キャラバン隊として働いている連中の幾人かは、リュエルのように買ったのだそうだ。他にも戦闘に関わったときに引き抜いたり、町で声を掛けたりと、いろいろなところから連れてきたらしい。みんな普通に話しているから、全然知らなかった。

馬車から大きな樽《たる》を下ろしているドゥーリを見つめ、「あいつは掘り出しもんだった」と、ガガリが目を細めている。

「イザドラに至っては、ありゃ元は女盗賊だ」

「ええっ！」

随分昔、ガガリがまだ少人数で商隊を組んで旅をしていた頃、手下を率いたイザドラの軍団が、ガガリたちを攻めてきたのだそうだ。

「まあ、返り討ちにしたがな。あの頃からけっこう強いやつを集めていたし」

楽しい思い出話のように、ガガリが笑顔で語る。

「それで、なんで今この隊にいるんだ？」

「そりゃあ、商談をするのに、綺麗《きれい》どころがいたほうが、話が進みやすいだろ？」

盗賊の頭《かしら》をやっていたような人だ。男ばかりの商売人の中に入っても、堂々と商売を熟《こな》す心臓の強さに惚《ほ》れ込んだのだと言う。

「それに、あいつは手下を使うのが俺より上手いからな。重宝してるぜ」

そう言われて、イザドラのいるほうに目を向けると、日陰を陣取りながら、隊員の一人を顎で使っている姿が見えた。

……自分はもしかして、とんでもない集団の中に飛び込んでしまったのではないだろうか。

「俺、けっこう目利きなんだぞ。商売人だからな。でもまあ、今回はエイセイが目を付けたわけだ。相当気に入っていたようだったからな」

「気に入っていない」

間髪を容《い》れずにエイセイが言う。

「俺にとっちゃほんの気まぐれだ。エイセイが珍しく興味を持ったから、買ってやってもいいと思った。まあ、なにしろおまえ、安かったしな」

呵々《かか》と笑い、ガガリが明け透けに言う。

「でもよ、いい買い物をしたと思ってるんだぜ？　おまえはよく働くし、覚えも早いから。エイセイの手柄だな」

そう言って、ガガリがポンとリュエルの頭に手を乗せた。ついでのようにふにふにと耳を揉まれる。耳を触られるのはあまり気分のいいものではないが、今は我慢した。だって、「買ってよかった」とガガリが言った。自分も買われた先がここでよかったと、今初めてそう思ったからだ。

「おまえがいると、エイセイもだいぶ機嫌がいいからな」

「え？」

どこが機嫌がいいのかと、ガガリの隣にいるエイセイを見る。出会ったときからまったく変わらない、無表情がそこにあった。

驚いているリュエルを置いて、エイセイが馬車のほうへ足を向けた。「飯の支度が遅くなる」と、食事の支度を始めるのに、慌ててついていく。

火を焚いて、鍋に湯を沸かし、食材を切って放り込んでいった。旅に慣れたキャラバン隊の人たちは、流れるように食事の支度を調えていく。

野菜と肉の入ったスープが煮えてきたあたりで、ガガリがドゥーリと他の数名を引き連れて、奴隷たちのいる馬車から、檻ごと奴隷を下ろしている。

「おまえらきったねえなあ」と叫びながら、ドゥーリの運んだ樽から水を汲《く》み、バシャバシャと奴隷たちに向かってぶちまけていた。

容赦のない水責めの刑だが、気温の高い中、ずっと閉じ込められていた奴隷たちは、掛けられた水で顔を拭ったり、手に掬《すく》い取って口に運んだりしている。何度も水をぶちまけているうちに、大きな樽に溜《た》められた水が、瞬く間に減っていく。ガガリが声を上げ、ドゥーリによって、もう一樽水が追加された。ガガリは水遊びをするように、奇声を上げながら、奴隷たちに水を浴びせている。

「ちょっと！　遊んでないでこっちの支度をしなさいよ。お腹《なか》が減ったじゃないの」

木陰で涼みながら支度ができるのを待っていたイザドラが、我慢も限界というような大声を上げた。

「だってよ、こいつらきったねえんだもんよ。これくらいの水じゃあ綺麗になんねえし」

「飯と奴隷とあたしと、どれが大事なのよ」

「……あー、飯？」

ガガリの返事に、イザドラが眉を吊《つ》り上げ、「じゃあさっさと支度して」と、ガガリに命令した。

イザドラはまったく手伝う気はないようで、男たちを働かせて、自分は優雅に休憩を取っている。「あたしか弱いから、すぐに疲れるのよ」と、真っ赤な唇を吊り上げる表情は、まったくか弱く見えないが、反論する者は誰一人としていなかった。

「水浴びなんか、自分たちでさせりゃいいじゃないの。檻から出しても逃げやしないよ。勝手にやらしとき。逃げたら逃げたで、……まあ、逃げられやしないけど」

逃げたところで、次の町までは徒歩で数日かかる距離だ。戻れば脱走したとして、更なる過酷な場所に送られる。

第一、ここのキャラバン隊の人たちは、ドゥーリをはじめ、精鋭揃《ぞろ》いだ。この五日間で理解した。足枷を外されたリュエルでも、猫族の身体能力を以《もっ》てしても、逃げ切れる自信が持てないほどに強かった。

……この中の何人かは、自分と同じ奴隷だったのか。そう思うと、なんだか腹の底が熱くなり、自然と笑みが浮かんでくる。ドゥーリはそうだと聞いたが、他の連中は、誰が奴隷だったのかが分からない。それほど全員が同じ仲間として、このキャラバン隊の中で働いているのだ。

イザドラの命令で、檻の鍵が外された。ガガリが奴隷の一人に柄杓《ひしゃく》を持たせ、「あとは自分たちでやんな」と言っている。それからパンと干し肉の欠片《かけら》を檻の側に置いていく。

「スープは人数分ねえからな。水でも飲んどけ」

言葉はぞんざいだが、今までにない施しに、奴隷たちがわらわらと集まり、パンと肉を両手に抱えた。

「体力つけて、見場が多少でもよくなれば、いい買い手がつくかもしれねえからな」

そう言って、ガガリが自分たちの食卓のほうへと歩いてきた。

「随分と寛大なんだな。奴隷にあんな扱いをするの、おれ初めて見た」

今までの一年余りの間でも、リュエルはこんな待遇を受けたことがない。奴隷たちは必死の形相《ぎょうそう》で、与えられた食事にかぶりついている。逃げようという気持ちも、今は湧かないみたいだ。

「けど、危ないんじゃないか？　今まで逃げられたことないの？」

「ねえな！」

ガガリが高らかに言った。

「安全安心のガガリのキャラバン隊だ。お届け物は確実に、欲しいものは地の果てまででもお届けしますよ」

それがガガリの率いるキャラバン隊の宣伝文句なのか、ガガリが朗らかな声で謳《うた》い上げる。

「それにしても、樽二つ分とか、大丈夫なのか？」

雨が少なく、砂漠の多い乾燥地帯で、水は命を繋ぐ貴重品だ。旅慣れている彼らは、水の補給場所をちゃんと知っているのだろうが、そこに着くまで何があるか分からない。今まで通った道には、大きな川も、泉さえも見当たらなかった。休憩場所の大木の向こうも、赤茶けた大地がずっと先まで続いている。

それなのに、あんなふうに大盤振る舞いをして大丈夫なのかと心配になる。今用意されているこちら側の食事にも、水がふんだんに使われていて、移動中でも、しょっちゅう水分補給をさせられていたのだ。

「大移動ではな、水分補給は大事なんだ。知らないうちに身体から水分が奪われるからな、渇いたと思う前に飲んどけよ」

ガガリの忠告に頷《うなず》きながら、それでも不安がなくならないリュエルに、ガガリは「心配するな」と、笑顔を作った。

「うちには水の神様がついているからな」

そう言って「できたぞ」と、木陰に座るイザドラの元へ、盆を片手に歩いていくのだった。


五台の幌馬車を連ねたキャラバン隊は、一週間掛けて、次の町へと辿り着いた。

そこはオアシスの畔《ほとり》にある、エーレンという小さな町だった。

町に入ると、以前とは違い、ガガリは宿の並ぶ場所へと移動した。荷馬車を置き、馬を預ける。

イザドラが宿に泊まる手続きをしに中へと入り、ガガリはドゥーリを伴い、すぐさま一台の馬車に乗って出ていった。前の町から運んできた奴隷たちを引き渡しに行ったのだ。

リュエルはエイセイや他の人たちに指示されながら、預けた馬の世話をしたり、馬車の破損部分を補修する手伝いをして過ごした。数時間後にガガリが戻ってくる。

「よし、行くぞ」

休む暇もなく、出掛ける準備に入る。ガガリは何処から連れてきたのか、ラクダを十頭引き連れてきた。馬車から降ろした荷物を、今度はラクダに載せ替える。

「ここからは二手に分かれる。イザドラと他五人はここエーレンに残り、いつもの商いをしてくれ。残りの九人は俺と一緒だ。ちょっと遠いが、頑張れ」

最後の言葉はリュエルに向けられたものだった。他の連中はこうなることが初めから分かっていたようで、何も言わずに作業をしている。

「行きは荷物があるから歩いて行く。なに、ほんの一日半だ。帰りはラクダに乗るからな」

ガガリが先頭となり、ラクダと一緒に歩いて行くのを追い掛ける。ラクダ隊にはエイセイ、ドゥーリの姿があった。他の男たちもキャラバン隊の中でも屈強さを誇る連中で、戦闘要員のような趣だ。

「これから戦いに行くのか？　何処かで戦争でもしてんのか？」

イルヌール大陸には大小様々な国があり、僅かな緑の領地や水を巡って争うことがある。全員が剣も握れる戦闘部隊のキャラバン隊だ。傭兵《ようへい》として戦いに参加することもあるのだろう。そういえば、仲間になったうちの幾人かは、戦闘中に知り合ったとガガリが言っていた。

「戦争ではない。ある意味戦うというのは間違っていないがな」

リュエルの疑問に、すぐ後ろを歩いていたエイセイが答えてくれた。

町を出てしばらく行くと、木々がなくなり、広大な砂漠に行き当たった。ラクダを引きながら、砂漠の海を渡って行く。

「リュエル、頭に巻いておけ。暑いかもしれないが、日に直接当たるほうがまずい」

エイセイが大きな布を取り出し、リュエルに渡す。エイセイがいつも巻いている形を真似て頭に巻こうとするが、上手くいかなかった。巻いたり解《ほど》いたりしていると、「貸せ」と布を取り上げられた。相変わらずの無表情だが、手際の悪いリュエルにイライラしているのが分かった。この二週間足らずで、リュエルにもほんの少し、エイセイの心の機微が感じ取れるようになっていた。イライラしているか、ほんの少しイライラしているか、だいぶイライラしているか、だいたいこの三つに分けられる。因《ちな》みに機嫌がいいエイセイというのは、未だかつて見たことがない。

「……耳が邪魔だ」

「仕方ないだろ」

「ドゥーリは器用に巻いているぞ」

「形と場所が違うんだよ」

ドゥーリは布の隙間から、小さく丸い耳をぴょこんと出していて、無骨な体格なのになんとなく愛嬌がある。だけどリュエルの耳は大きくて、ドゥーリと違い、とても柔らかいのだ。しかも刺激に敏感で、エイセイの手や布が当たるたびに逃げるように動いてしまい、なかなか定位置に収まらない。

「痛いよ。耳畳まないで。聞こえなくなる」

「多少聞こえなくてもかまわん。耳だけが熱くなっても難儀だろう」

「おれがかまうの！　耳大事。敵の襲来が分からなくなるだろ」

「この景色だ。聞こえる前に見えるだろう」

「おーい。置いてくぞ」

　布の巻き方を巡って言い合いをしていると、先頭にいるガガリから声が掛かった。

「まったく手間の掛かる……」

「じゃあ、ほっとけよ」

　尚も言い争いをしていたら、ドゥーリがやってきて、ちゃちゃっと巻いてくれた。流石《さすが》に獣人の仕様が分かっているようで、上手く耳だけを出すようにしてくれる。

「ドゥーリ、助かった」

　リュエルが礼を言うと、ドゥーリが軽く手を上げて、そそくさと元の場所へと移動していった。大きな身体が縮こまっているように見える。理由は分かっている。後ろにいるエイセイの機嫌がすこぶる悪くなっているからだ。

「だってしょうがないだろ。上手く巻けなかったんだから。これ以上時間掛けらんないし」

「何も言っていない。早く歩け。遅れる」

　気づけばリュエルとエイセイのラクダが最後尾になっていた。慌てて前のラクダに追いつこうと走るリュエルに、エイセイもついてくる。

「見えるんだから走るな。無駄に体力を消耗するぞ」

「おれは猫族だから、これぐらいで消耗しない。暑いのだって平気だし」

「環境が違うだろう。初めての場所だ。ちゃんと体力を温存しておけ」

温度の低い声で注意をされた。この声を聞いているだけで、暑さが吹き飛ぶぐらいだ。エイセイ冷風機としてみんなに役立てたらいいと思う。

それにしても、この態度の何処が自分を気に入っているというのか、ガガリの言うことが分からない。

多少の小競り合いをしながら、砂漠の中を歩いて行く。暑いのはそれほど苦手ではないはずが、木陰の一つもない場所で、ずっと炎天に晒《さら》されるのはけっこう辛いものだというのを痛感した。砂漠に用事などなかったから、長時間滞在するような経験をしたことがなかったのだ。

「なあ、……なんか耳が熱い」

布から出ている耳だけが自分のものではないような感覚だ。

「だから言っただろうが」

険のある声を響かせ、エイセイがリュエルの布を引っ張り、耳を覆うようにしてくれた。掌《てのひら》で耳に触り、「本当に熱いな」と言って、一旦自分のラクダのほうに戻り、それからもう一度リュエルの側までやってくる。

不意にひやりとしたものが耳に当てられた。熱が吸われていくような感覚に、ホゥ、と溜め息が漏れる。

「この暑さだからな。濡《ぬ》れてもすぐに乾くだろう」

エイセイは水に浸した布をリュエルの耳に当て、挟むようにして冷やしてくれていた。冷えた水でもないのに、熱くなっているから冷たく感じられて気持ちがいい。

「大丈夫か？　頭は痛くないか？」

「平気だ。水、貴重なのに悪いな」

「かまわない。たくさんあるから」

「でもあと一日以上あるんだろ。もう大丈夫だからしまっておけよ」

何度も水を含ませて冷やそうとしてくれるのに恐縮する。馬車なら樽に入れて運べても、ラクダ一頭では運ぶ水の量も高が知れている。それに荷物は水だけではないのだ。

「もういいって。勿体《もったい》ない」

「黙ってろ」

気を遣ったのにこの言い草だ。

いいと言うのにエイセイの水袋から無理やり水を飲まされ、それから先に進んだ。

一日中歩いて、日が落ちる直前にラクダを円の形に座らせて、今日の行軍は終了となった。

急激に気温が下がる中、ラクダに身体を預けて暖を取る。

今日の月は三日月で、薄い爪のような形をしていた。月の光は仄《ほの》かだが、その代わりに空いっぱいに星が輝いていた。

昼間の暑さが嘘のような冷えた夜だ。暑さ凌《しの》ぎに巻いていた布を、今度は暖を取るために首に巻く。

翌朝は、まだ薄暗いうちから先を目指して進んでいった。太陽が昇りきり、灼熱《しゃくねつ》になる前に少しでも距離を伸ばそうという算段だ。

初日と違い、何も話さず黙々と前に進む。

ガガリが言っていたように、出発してからちょうど一日半が過ぎた頃、小さな村が見えてきた。

ラクダ隊が近づくのを認めた村の人たちが、村の入り口に集まってきた。砂漠の果てにある小さな村には、五十人ほどの人々が生活しているという。

粗末な土塀に囲まれたその村は、砂漠とほとんど変わらず、砂の代わりに赤茶色の乾いた土に覆われていた。その土を固めた日干しレンガで造った建物は、どれもひび割れていて、今にも崩れそうな家もあった。水分のほとんどない低木と、水がなくても生きられる草が申し訳程度に生えている。こんなところに人が住めるのかと疑いたくなるような、何もない場所だった。

それでもガガリの率いるラクダ隊が到着すると、品物を求める人々がわらわらと寄ってくる。売り物は塩と麦の粉、それから布物と、鍬《くわ》や鎌などの農具が主だった。

辺鄙《へんぴ》な場所に住む村人たちにとっては、ラクダ隊の訪れはたまにしか味わえない娯楽のようで、我先にと商品を手に取る。金のない人は、ナツメヤシの実や自作の芋などを持ってきて、ガガリがそれを逆に買い取り、その金で商品を買っていた。前にガガリから仕入れた糸で作った織物や、手仕事の器を持ってくる人もいる。

「これは痩せすぎて買い取りはできねえな。別のものはないのか？」

慈善事業ではないからと、ガガリがはっきりと言った。

「俺たちは商人だからな。売れるもんしか買えねえぞ」

ガガリの声に、家にとって返して、売り物になりそうな品を探しに走る人がいた。

ここは、家族や親族が罪を犯し、連座で国を追われた人々が集まった村なのだそうだ。盗賊にでもなるしかなかった彼らの村を、ガガリは定期的に訪れ、商売という交流で支援しているようだ。

「買うもんは買ったか？　じゃあ、作業に入ろうか」

ガガリの声かけで、村の人々に案内され、リュエルたちは二手に分かれ、それぞれが井戸掘りと畑作業の手伝いに入る。

「水が出ると生活がうんと楽になるんだがなあ」

井戸はまだ水が出ず、今は時たま降る雨水を溜め、その雨で暫定的にできる泉を探し、そこへ水を汲みに行っているそうだ。

井戸掘り作業の中心はエイセイのようで、地面の様子を調べ、進捗《しんちょく》を聞いている。

「水脈が確かに通っているはずなのだ。……まだ深さが足りないようだな」

村人によって掘り進められた穴を覗き込み、エイセイが珍しく表情を動かしていた。掘削のための道具と、畑に撒《ま》く肥料は、ガガリ隊の持ち出しだった。慈善事業ではないと言いながら、かなりの金をガガリはこの村に落としているようだった。環境的にはこの村が一番厳しいが、ガガリ隊が訪れるこういった村は、他にも数カ所あるらしい。

ドゥーリが先頭となり、力仕事が進んでいく。リュエルも身軽さを活《い》かし、細々《こまごま》とした仕事を引き受けて走り回っていた。日干しレンガを作るための木枠作りや、崩れた家の補修を手伝い、ひょいひょいと屋根に登り、破損箇所を直していく。

忙しく働いているうちに、手持ちの水がなくなり、リュエルはラクダのいるほうへ向かった。村には飲料のための水が保管されていたが、自分が飲んだら悪いと思ったからだ。

「まだ荷物の中に少し残ってたよな。残り少ないか……」

がぶ飲みしたいが、帰りのことを思うとそうもいかない。

「どうした?」

自分の連れてきたラクダの荷物を探っているところに、エイセイがやってくる。彼も水を取りにきたのか。

「ああ、水袋が空《から》になったから、補給しにきた」

「俺のがだいぶ残っている。こっちを飲め」

たっぷりと膨らんだ水袋を渡され、遠慮しながら一口だけ含んで返そうとすると、「もっと飲んでいいから」と、再び水袋を押しつけられた。

「いいよ。自分の分を飲むから」

「こっちは余っているんだ。遠慮せずに飲んでいい」

「そんなはずはないだろ？　いいって。エイセイの分はエイセイが管理してろよ」

「ちゃんと管理しているから大丈夫だ」

押し問答をしているうちに、またもやエイセイの機嫌が下降し始める。どうしたものかと戸惑っているところに、今度はガガリがやってきた。

「エイセイ、水くれ」

リュエルとエイセイの間で行き来している水袋をヒョイと取り上げ、ガガリが喉を鳴らして飲んでいく。

「ガガリ、おまえ自分の分があるだろう」

「堅いこと言うなよ。たっぷりあるんだろう？　俺のは帰りの分を取っておかなきゃならないんだからよ」

自分の分を取っておいて、エイセイの帰りの分を奪うのはどうかと思い、遠慮もなく水を飲んでいるガガリを睨みつける。

リュエルの視線に気づいたガガリが、「お」という顔をした。

「悪い。リュエルが飲んでいたんだったか」

ガガリから水袋を手渡され、それをリュエルはエイセイに返した。

「もう飲んだから。作業に戻る」

それだけ言って、リュエルは作業途中の家まで走り、軽く跳躍して、屋根の上に乗った。

屋根の上からは、村の全体が簡単に見渡せる。集落のある場所から少し行ったところに畑があった。土が他よりも少し黒ずんでいるから、そこが畑だと分かるくらいの、小さなものだ。

「早く井戸から水が出るといいな」

眼下では、ガガリ隊と共に村人たちが働いていた。元の住処《すみか》から追放された彼らは、他に行くところはなく、どんなに貧しくとも、ここで生きていかなければならないのだ。

小さな畑と、乾ききった集落の姿を眺めながら、リュエルは自分の生まれ故郷を思い出していた。

あそこも貧しい村落だったが、近くに森があり、井戸も掘れた。小川も流れていて、豊富とはいえなくとも、水は手に入ったし、森で狩りもできた。みんなで協力して、大物が獲《と》れたときには、村人総出で獲物を解体し、分け合って食べたものだ。

あの村にいた人族は、リュエルの父親ただ一人だった。大陸を放浪する流れ者で、あの村で母と出会い、リュエルが生まれたのだった。

家庭を持っても、父は放浪は止めず、しょっちゅう家を出ていたから、生活を共にした時間はとても短かった。

そんな父だったが、リュエルの村で馴染《なじ》んでいたと思う。狩りに出掛ければ、弓や槍《やり》で確実に仕留め、皆を喜ばせていた。小柄で接近戦を得意とする猫族の中で、いろいろな武器をその時々で使い分ける父は重宝された。なにより母と仲が良かった。

今はもう、父も母も亡くなった。たぶん村もなくなっているだろう。徒党を組んだ盗賊団に村ごと襲われ、ほとんどの者が殺された。生き残りはいるだろうか。いつか戻れるだろうか。もう住むことは叶《かな》わなくても、故郷があったことは忘れたくない。

砂漠の村を眺めていて、つい感傷的になってしまったようだ。リュエルはそんな思いを振り払い、屋根の修復の作業に戻った。

穴の開いた箇所を埋め、他に弱い場所はないかと見回していると、畑の中にエイセイを見つけた。周りには誰もおらず、エイセイは一人で畑の中でしゃがみ込み、何かを見つめている。

リュエルはスルスルと屋根から降り立ち、畑のほうへと向かった。

リュエルが辿り着くと、エイセイは相変わらずしゃがみ込んだまま、畑の土を弄っている。

「何やってんだ？」

リュエルが声を掛けると、エイセイは特に驚いた様子も見せずに、しゃがんだままの恰好《かっこう》で「土を見ている」と言った。

畑の土を握り、パラパラと落としたり、擦り込むように地面を撫《な》でたりしている。

「それで何が分かるんだ？」

エイセイの隣にしゃがみ込み、リュエルも畑の土を弄ってみる。手に触れた土は、集落の物よりもほんの少し弾力があり、けれど手に付くほどの水分は含んでいないみたいで、サラサラと零《こぼ》れ落ちていった。

「水が足りない。中が乾いているからな。表面だけに水分を与えても、すぐになくなってしまう。これでは肥料を与えても栄養のある土が育たない」

抑揚のない声音は、それでも悲しそうに聞こえた。悔しいという思いもあるのかもしれない。よくよく注意して聞けば、エイセイの声には、様々な感情が含まれている。

「そうだな。できるのは痩せた芋ぐらいだものな。土を作るのは大変だって、母さんも言ってた」

母親の畑仕事を手伝っていた頃のことを思い出す。リュエルの故郷の土は、ここよりも軟らかく、色ももっと黒かった。

「おまえの故郷はどんなところだ？」

エイセイに聞かれ、リュエルは一瞬目を瞬《しばた》かせた。ついさっき自分の生まれ育った村のことを思い出し、感傷に浸ったばかりだったからだ。不思議な縁のようなものを感じ、リュエルは小さく息を吐く。

「貧しい村だったよ。ここほどじゃなかったけど。大陸の西の端のほうにあった」

話しぶりが過去形になっているが、エイセイは特に気づく様子もなく、「そうか」と言った。

「でも、みんな仲良かった。近くに森があって、よく狩りに出掛けた」

さっき思い出した光景を、エイセイに語る。こんなことを人に話したのも初めてだと気づいた。誰かに故郷のことを聞いてもらうのは、なんとなく心地好《よ》い。

「エイセイの故郷は？　ここから遠いのか？」

自分が感じた心地好さをエイセイも味わうだろうかと、同じ質問をしてみた。リュエルの声にエイセイが顔を上げ、ずっと遠くを見るような顔をする。

「ああ。随分と遠い場所にある。とても豊かで、美しいところだった」

懐かしそうに目を細めている横顔に、「おれも行ってみたい」と言おうとして、言わないでおいた。エイセイの言葉も、リュエルと同じ、過去形だったからだ。

何も言うことがなく、エイセイの隣で黙ったまま佇《しゃが》んでいる。日は傾きかけていて、夜になれば昨日と同じようにグッと気温が下がることだろう。

お互いに黙ったまま、リュエルは畑の土を握り、手から零れ落ちる土を眺めていた。仕事が終わったなら、ガガリのいるところへ戻ったほうがいいのだろうが、なんとなくもう少しこのままでいたいような気がした。エイセイも動く気配を見せないから、まだここにいても平気なのだろう。

土を握ったり離したりしているリュエルの膝の上に、トン、と水袋が置かれた。

「喉が渇いたろう。遠慮なく飲んでいい。俺はまだたくさんあるから」

「でも、さっきガガリにもいっぱい飲まれただろう？」

「あれぐらいなんともない」

言い返そうかと思ったが、リュエルは受け取った水袋を素直に口に運んだ。正直喉が渇いていたし、ここで遠慮をすれば、せっかく機嫌が好さそうなのに、また下降しそうだと思ったからだ。

エイセイの機嫌をとるのは難しい。何がきっかけとなるのか分からず、一度下降し始めたらどんどん下がっていき、収集がつかなくなる。……まあ、機嫌をとる必要もないんだけど。ガガリのように無神経にぶっ放し、掻《か》き回して有耶無耶《うやむや》にするような手管は、リュエルには無理だ。それに、不機嫌よりも上機嫌のほうが、側にいる分にはいいじゃないかと思い直す。

それよりも、ああ、今は機嫌が好いのだなということが、リュエルにも分かるようになり、ちょっと嬉《うれ》しいような気分になった。

砂漠の村で二晩過ごし、三日目の早朝に、リュエルたちはエーレンに向け出発した。

朝早いにもかかわらず、村人たちが総出で見送りをしてくれた。何処にも行けず、誰も訪れることのない砂漠に囲まれたこの村では、ガガリたちの訪問が唯一の外界との繋がりで、未来への希望なのだと、いつまでも手を振っている人々の姿を眺め、リュエルは思った。

村の人々に見送られながら、自分も少しは役に立つことができたようで、満足感があった。力仕事ではドゥーリたちには敵《かな》わないし、ガガリやエイセイのように技術的なことで手助けもできないが。手先の器用なリュエルは、修理やちょっとした手仕事などをこなし、頼りにされたのが嬉しかった。

村を歩いていれば名を呼ばれ、あれこれと相談を受け、道具の改善点なんかを指摘した。ガガリにも随分役に立つじゃないかと感心され、誇らしい気持ちにもなったのだ。

この村を訪れたことによって、キャラバンの中で、自分の居場所を見つけたような心持ちになった。頼りにされるということは、こんなにも自分の心根に変化をもたらすのだと、リュエルは初めて知ったのだ。

砂漠の海を、来たときと同じように一日半を掛けて渡っていく。

行きでの経験を活かし、リュエルは村を出る前から頭に布を巻いてきた。最初に耳を出しながら一巻きし、その上からフワリと布を耳に被せる。

布巻きの世話はエイセイがやってくれた。いつものように無表情のまま、淡々と作業をしながら「世話がやける」と愚痴っていたが、機嫌が悪くないのが分かった。

あまり表情を動かさない端整な顔つきは、周りに冷淡な印象を与えるが、案外そうでもないということも分かってきた。村でも聞かれれば丁寧に答えていたし、率先して作業を進めながら、周りに気を配る素振りも見せていた。

キャラバンの連中とのやり取りを見ていても、エイセイは誰に対しても特に態度は変わらず無表情で、相手もそれを気にした素振りもない。ガガリやリュエルとは他の連中よりも小競り合いが多いが、それはガガリがエイセイをからかうのが原因だし、リュエルはまだ環境に慣れず、過剰反応してしまうのが理由のようだ。

ガガリが言う、エイセイに気に入られているというのは未だによく分からないが、何かと気にしてくれているというのは理解した。たぶん、自分が声を掛け、誤解だとしてもリュエルを所望したとして引き取った経緯があるため、責任を感じているのかもしれない。リュエルがキャラバンの中で最年少だということもあるのだろう。

大陸では国にかかわらず十六になれば成人と見なされるが、キャラバン隊ではリュエル以外の全員が、二十歳を過ぎていた。隊長のガガリはリュエルの倍の三十二だと言っていた。ドゥーリは三十、イザドラはもう少し下だという話だが、詳しい年齢は誰も聞けずにいるらしい。

エイセイは八歳上の二十四だと教えてくれた。落ち着いているからガガリに近いのかと思ったが、割と若かった。人族の年齢は分かりづらい。あちらからすれば、リュエルが成人していたということが驚きらしいが。

帰りの道は、特に困難もなく順調に進み、きっかり一日半を掛けて、オアシスの町エーレンへと戻ってきた。砂漠の村の様子を見てきたあとだったので、木々の緑や建物の白、人の賑《にぎ》わいなどを目にすると、とても贅沢《ぜいたく》な暮らしをしているようにリュエルには感じられた。

宿ではイザドラが待ち構え、町での商売の様子を報告していた。こちらでの取引も特に問題はなく、新しい有力者との繋がりを持てそうだと、イザドラが得意げにしていた。

砂漠の中で強行軍を行ったこともあり、今夜は全員で宿に泊まるとガガリが宣言した。

「部屋に荷物を運んだら、各自休憩だ。夕食時に食堂へ集まれ。今後のことを相談する」

ガガリの声で、各々が動き出す。ラクダに積んでいた私物や宿に預けていた荷物を受け取り、与えられた部屋へみんなが向かっていく中、今夜は馬小屋で過ごそうと、リュエルは外へ出た。

「おい、何処へ行く」

そんなリュエルを引き留めたのは、エイセイだ。馬小屋へ行くと答えると、エイセイが一瞬解せないという顔をする。

「馬は宿にいる連中が世話をしていたはずだ。砂漠を渡ってきたんだ、おまえも疲れただろう。部屋で休めばいい」

エイセイの声に、リュエルは「え?」と言って固まった。

「だっておれ、奴隷だぞ？　部屋を与えてもらえるなんて思ってなかった」

「もちろん相部屋だがな。馬小屋で寝るつもりだったのか？」

エイセイがそう言って「馬鹿な」と吐き捨てた。

「馬鹿って言うなよ。だって思わないだろ？　宿に泊まれるとか」

「馬小屋で寝られるほうが宿にとって迷惑だろうが。キャラバンの評判にも響く」

エイセイが不快そうに眉を顰《ひそ》めるが、そんなことはないと思う。リュエルは奴隷で、獣人なのだ。キャラバンの中にはリュエルと同じように奴隷だった者もいたと教えてもらったが、彼らは人だ。ドゥーリは熊族だが、このキャラバンができたときからいたと言うし、彼の強さはみんなが認めている。だからリュエルとは待遇が違って当然だと思っていた。

人族と獣人とは格が違う。リュエルたちは絶対にそれを認めないが、圧倒的な数で町や国を営んでいる人族にとっては常識なのだ。宿に行けば部屋に泊まるのは人族のみで、獣人は馬小屋か裏の軒先、一晩中外で過ごすことも珍しくない。

だから今夜は宿で過ごすと言われたときに、リュエルは当然数に入っていないと思ったのだ。

「今までのおまえの周りではそうだったのかもしれないが、うちは違う。部屋を取るとガガリが言えば、それは全員分だ。例外はない。覚えておけ」

そう言って行くぞと、リュエルを促した。部屋に繋がる階段に向かい、リュエルが動かないのを見てとると、面倒くさそうに溜め息を吐き、手を引っ張った。

「拗《す》ねるな」

「なっ！　拗ねてない。驚いただけだろ」

「じゃあ驚きながらついてこい。モタモタするな」

世話をやいてくれるのはありがたいが、この物言いはなんとかならないんだろうか。リュエルはエイセイに強引に引っ張られながら、初めて見る客室という場所へ向かい、階段を上がった。

連れてこられたのは、窓のある板張りの空間だった。寝台が四つ、部屋のそれぞれの角に設置されている。相部屋の仲間が先に運び込んだのだろう個人の荷物が、床に置かれていた。

寝台以外には家具が何もない部屋でも、初めて宿というところにやってきたリュエルには、上等に見えた。寝台の上には毛布もシーツも用意されているし、土埃も積もっていない。

キョロキョロと部屋を見回しているリュエルに、エイセイが「ここを使え」と、ドアに近い寝台を指す。

「俺とおまえ、あとはアジェロとザームの四人で使う。少し狭いがそれでも寝台があるだけましだろう」

リュエルの隣の寝台に、自分の荷物を置きながら、エイセイが言った。なにしろ昨日は砂漠の真ん中でラクダに凭《もた》れたまま夜を明かしたのだ。村でも一応建物の中で就寝したが、当然寝台なんてものはなく、土を固めた床の上で横になっただけだった。

「すごくありがたい。本当に使ってもいいのかな」

「いいと言っている。しつこいぞ」

自分の境遇にまだ信じられない思いでいるリュエルに対し、エイセイは辛辣だ。

「でもこの寝台、ドゥーリには小さいんじゃないか？　どうするんだ？」

ドゥーリのような特別大きい客用の寝台でもあるのかと思ったら、ドゥーリは部屋には入るが、寝るのは床の上なのだそうだ。

「あれが寝られるほどの寝台は、安宿ではないからな」

二台の寝台を繋げて使ったこともあったようだが、面倒なので今では床にそのまま寝ているのだそうだ。その代わり、ドゥーリは二人部屋を一人で使うことを許されている。一人部屋だとドゥーリが横になれるほど床に余裕がなく、二人部屋を二人で使うと、お互い物理的に窮屈な思いをすることになるらしい。

窓から外の景色を眺めたり、自分に与えられた寝台に寝転がったりしていると、相部屋の二人もやってきた。砂漠の村でのことや、これからどの町へ向かうのかなどの話をしているうちに、夕食の時間がやってきて、リュエルたちは階下に下りた。

食堂の一角を借り切って、ガガリキャラバン隊の夕食会が始まった。

テーブルいっぱいに並んだ料理を、酒と一緒に皆で頬張る。

半月以上もキャラバン隊と一緒に行動していたリュエルだが、こんなふうに大勢で、しかもほとんどが人族という中で食事をすることなどなかったので、ここでも戸惑った。

移動中はそれぞれが空いた時間にかき込むし、野営のときは皆で焚火を囲んで食べることがあっても、外と屋内とでは雰囲気も違ってくる。

どう手を伸ばしていいのか分からずに大人しくしていると、エイセイやガガリだけでなく、他の連中も「食え食え」と、リュエルに料理を勧めてくれた。スープやパン以外の料理は食べ方が分からず、周りを窺いながら真似をした。

「なんだ。大人しいじゃないか。いつもと違うぞ?」

さっそくガガリがからかってきた。「飲むか?」と、リュエルのカップに酒を注ごうとして、エイセイに止められた。

「堅いこと言うなよ。リュエル、酒は好きか?」

「飲んだことない」

奴隷時代にはもちろんそんなものを与えられることはなかったし、酒どころか食べるのにも苦労していた。村で生活していた頃はまだほんの子どもだったから、飲む機会は与えられなかった。

「じゃあ、飲んでみろ。成人してんだよな」

「ガガリ、無理強いは止めておけ」

エイセイが言うが、ガガリがしつこくほれほれと酒の瓶を翳《かざ》してくる。目元が少し赤かった。すでに酔っているらしい。

「案外いける口かもしれないぞ」

茶色い液体をトクトクと注がれて匂いを嗅《か》いでみる。ツンとした刺激臭が鼻を突き、リュエルは思わず顔を顰《しか》めた。とても飲めそうにない。

「ほら、無理なようだ」

リュエルの様子にエイセイが助け船を出してくれたが、次に選んだ言葉が悪かった。

「まだ子どもなんだから、大人の真似をしてもいいことがないぞ。粋がるな」

「粋がってないし、おれは子どもじゃない。もう成人してるって言ってんだろ。仕事だってちゃんとやってる」

「年齢だけだ。仕事もまだまだ半人前のくせに、大口を叩《たた》くな」

エイセイの物言いが辛辣なのは分かっているのに、つい反発してしまった。初めての宿に、初めての食堂での宴会で、興奮していたのもあるだろう。過酷な砂漠の旅を乗り越えてきた疲れも加わったのかもしれない。

何よりも、ガガリキャラバンの一員として、あの砂漠の村でも立派に仕事をこなし、少し自信がついたところに、子どもだ、半人前だと言われ、何を！　と思ってしまったのだ。

気がついたときには、ガガリに酒を注がれたカップを掴み、一気に呷《あお》っていた。

薬草に似た苦い液体が喉を通っていく。それが食道を通り、胃の辺りに落ちたのを感じた瞬間、液体の通った道を逆流するように、カッと熱くなった。

「馬鹿者！　一気に飲むやつがあるか」

叱られながら、また馬鹿と言われたと、そんなことを思う。急に頭がグラグラと揺らぎ、目が痛くなる。

「ううう―」

呻き声を上げながら、喉と頭を同時に押さえた。ここから何かが出てきそうだ。痛いのか熱いのかどっちもなのか、よく分からない。とにかく目の前の景色がグルグルと回り、だんだん気持ちが悪くなってくる。

「……まったく馬鹿なことを」

また馬鹿って言う。

反論したいが口が利けなくて、うーうーと唸《うな》っているリュエルを、エイセイが担ぎ上げた。エイセイの肩がお腹に当たり、下から突き上げられてしまい、苦しさが増す。

「暴れるな。部屋に連れて行く」

「お腹……おぇ、さないで」

エイセイがふぅ、と深い溜め息を吐き、そのままリュエルの身体をグルンと回した。何がどうなったのか分からないうちに、いつのまにかエイセイに抱っこされていた。

リュエルを抱き上げたまま、エイセイが階段を上っていく。落とされる恐怖よりも揺らされる気持ち悪さが勝り、リュエルは必死に身体を丸め、エイセイの胸に顔を押しつける。

ぐったりしたまま寝台の上に乗せられ、リュエルはその上で丸まる。体内の熱さはなくなっていたが、気持ち悪さは変わらなかった。

「……水が飲めるか？」

そう聞かれたら、口の中がカラカラに乾いていることに気づかされ、リュエルはコクコクと首だけを動かした。背中に手を添えられ、ゆっくりと身体を起こされた。

「飲め」

口元にあてられたのは、水袋だった。随分用意がいいんだなと思いながら、両手でそれを摑み、流し込んでいく。上手く袋が摑めなくて、水の大半が口から零れ出て、胸を濡らした。

「あ……、零し……」

「零れてもいい。あとで拭けばいいから。まずは飲め」

平坦な声は怒っているようには聞こえなかった。だけど呆れているんだろうと思うと、情けない思いでいっぱいになる。

「まったく、馬鹿が」

……三回目。

「だって、おれ、子どもじゃない」

「こんな有様になっておいて、よく言えるものだ」

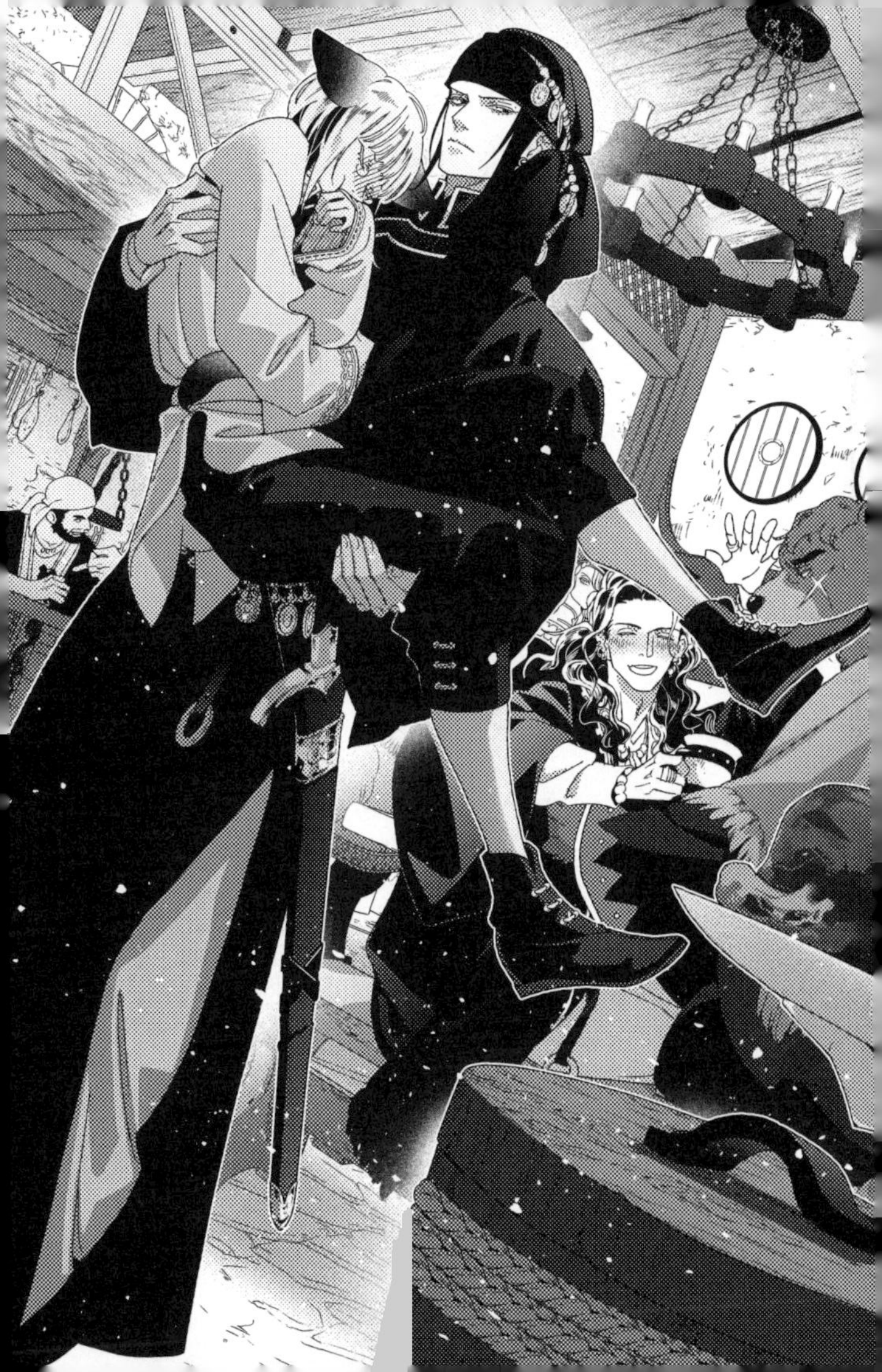

もう少し気遣いのある物言いはできないのだろうか、この男は。本人がそのつもりじゃなくても、エイセイの言葉はリュエルを悉《ことごと》く挑発するのだ。だから馬鹿と罵《ののし》られるようなことをやってしまい、今だって口答えをしてしまう。エイセイが悪いと思う。

「成人だって迎えてるし。酒だって飲める年だ」

「飲むにも飲み方というものがあるだろう。いきなりなんであんな飲み方をした」

「……半人前って言われたから」

奴隷として売られ、運良くガガリに買ってもらえた。与えられた境遇は、信じられないくらい幸運なもので、驚きながら、なんとか早く役に立ちたいと、必死に頑張っている。

他の仲間たちに比べれば、リュエルは力も弱く、身体も小さい。そんな中で自分にできることを探し、やっと見つけられたような気がしたのだ。

「それって役立たずってことだろ?」

宿の部屋を与えられ、ああやって宴席にも呼ばれ、村ではちょっとは頼りにされ、有頂天になってしまったことは認める。でも、「子どもだ」「半人前だ」と断定されれば、やっぱり悔しくなってしまうのだ。

「おれのこと、奴隷商に戻すのか?」

……ああ、そうか。

自分で問うた言葉に、おれはそれが怖かったのだと、たった今理解した。

たらい回しにされていたときのように、ここでも愛想を尽かされ、また元の生活に戻るのが怖かったのだ。

ガガリはリュエルのことを「買ってよかった」と言ってくれた。だけどエイセイはそれに同意しなかった。エイセイはそう思っていないんじゃないか。「買わなきゃよかった」という気持ちがあるんじゃないか。

そんな思いがずっと心の底にあって、だからエイセイの言葉に必要以上に反発し、自分はやれるんだと、一人前だと認めてほしいと、馬鹿みたいに張り切ってしまったんだ。

「水はもう要《い》らないか？」

静かな声が降ってきて、そっと頭を撫でられた。

「そんな耳をするな」

そう言って、ペッタリと畳まれてしまったリュエルの耳を摘《つ》まみ、「元気を出せ」とピコピコと動かす。

「……触んなよ」

口では反抗するが、頭を振って回避する元気はなく、触られたままにしている。毛並みに沿ってそっと撫でる指先の動きが優しくて、ちょっと気持ちがいい。

「半人前とは言ったが、役立たずとは言っていない。人の話を歪曲《わいきょく》するな」

淡々とした声で、エイセイが言う。抑揚のない声音と、ゆっくりと撫でる指先の動きがチグハグで、どっちがエイセイの本心なのかが分からない。

「これに懲りて、馬鹿な飲み方はするんじゃない」

「分かってる」

借りていた水袋を渡すと、エイセイが深い溜め息を吐いた。眉間には僅かに皺《しわ》が寄っていて、あまり機嫌が好い感じではない。

「……ここにいる連中だって、初めから大活躍をしたわけではない」

渡された水袋を腰紐に繋ぎながら、エイセイが言った。

「誰だって初めは半人前だろう。おまえはその中でも、割合ましなほうだと思っている」

「……言葉。もうちょっと言い方な?」

「言葉を選んでも同じことだろう」

リュエルの指摘にエイセイが片眉を上げ、もう一度溜め息を吐いた。面倒だと思っているのがありありと分かる表情で。

エイセイに励ましや慰めなんかを期待しても無駄だったかとリュエルも溜め息を吐くと、

「機嫌が直ったようだな」と、リュエルの耳をピン、と弾いた。

現金なもので、エイセイが指摘した通り、さっきまでの落ち込みはなくなっていた。いつもは腰に巻き付けてある長い尻尾までがピンと立ち、ユラユラと揺れているのが自分でも分かる。

エイセイに「このまま寝ているか？」と聞かれ、リュエルは少し考えて、食堂に戻ると言った。まだ少し喉に酒の味が残っているが、体調はそう悪くないし、あんな退出の仕方をしたから、皆が心配しているかもしれない。

「服、濡れちゃったから着替えてから下りていく。先に戻っててくれ」

エイセイにそう伝え、リュエルは自分の荷物から着替えを取りだした。

キャラバン隊の人たちから、着古した服などを貰《もら》い、多少の替えを持っている。下着だけはガガリが獣人専用のものを買ってくれた。服は専用のものをわざわざ買うのは勿体ないので、自分で穴を開けて繕っている。小さいときからの習慣なので、お手の物だ。

鼻歌を歌いながら、濡れたシャツを脱いでいく。ついでに寝台のシーツまで濡れなかったかと手で確かめたが、服だけの被害で済んだようだ。

「上機嫌だとそこまで尻尾が揺れるんだな。普段は腰に巻いているから知らなかった。長いんだな」

「っ、おわ！」

驚いて振り返ると、ドアのところにエイセイがまだいた。食堂に下りたものだと思い、完全に油断していた。そうだった。この男は気配を消すんだった。

脱いだシャツを抱えたまま、「吃驚するだろ」と、エイセイを睨む。

「先に行っててくれ。すぐ行くから！」

男同士なのだから、別に裸を見られたぐらいどうってことない。ただ、いないと思っていたのがまだそこにいて、鼻歌まで歌っていた自分を見られていたことが恥ずかしく、険のある声が出た。

「へえ、後ろの毛並みは短いんだな。背中まで流れているのだと聞いていたが」

気まずさを隠そうと背中を向けたら、今度はそんなことを言われた。

猫族の毛並みは、普通頭からうなじを通って、背骨に沿って尻尾の付け根まで伸びている。けれど父親が人族のリュエルは、ここも違うのだ。背中を流れる毛は途中で途切れ、肩にも達しない。

「触りたい」

「えっ、嫌だよ」

唐突に言われ、即座に断った。エイセイは気軽にリュエルの耳を触るが、本来はそういうことは家族や夫婦、恋人とか、凄《すご》く親しい友人までしか許されない。背中の毛皮を触らせるなど、とんでもないことだ。猫族は自分の毛皮を大切にしているから、おいそれと触らせていいものではないのだ。

リュエルたち猫族は、グルーミングが大好きで、それと同時に、他の者の手で撫でられると、もの凄く気持ちよくなってしまう。尻尾は特に危険で、無防備に揺らして歩いていると、好奇心で不意に摑まれたりするから、猫族はそれを警戒して、常に腰に巻いて行動している。

もちろん防衛本能もあるので、嫌いな相手などに触られた場合は、毛が逆立ち、不快感が増す。それも猫族にとって耐え難い苦痛となるので、やはり気軽に触らせてはならないのだ。

エイセイに見つかったことで、だらしなく揺れていた尻尾を即座に腰に巻き付けた。

「先に行っててくれよ」

「触ったら行く」

「駄目だって言ってんだろ！」

リュエルの強硬な態度に、エイセイが諦めたように溜め息を吐き、部屋から出て行った。

油断も隙もない。誰もいなくなった部屋で、リュエルも大きく息を吐いた。

「触らせろとか。なんてことを言うんだ」

耳も尻尾も毛皮も、猫族にとってはどれも大切なもので、弱点にもなれば、親愛の証《あかし》にもなるのだ。そんなものを出会って半月の人族の男になんて、絶対に触らせない。

「……でも、耳をしょっちゅうやられてんだよな」

さっきも水を飲ませてもらいながら、耳を撫でられた。その前にも隙あらば手を伸ばしてきて、リュエルの耳を触ってくる。

出会い頭に触られたときには驚いた。だけどあのときから、毛が逆立つほどの不快感は覚えていない。リュエルが純粋な猫族ではなく、半分人族の血が流れているからだろうか。

「でも気軽に触らせていいもんじゃないんだからな。膝をついて懇願されても駄目……だよな?」

どうしても触りたい、お願いだからと訴えられたら、どうしようか。一回ぐらい、それもほんの少しなら許してやってもいいかもしれない。尻尾を腰に巻いたまま、ほんの指先程度なら、強い刺激とはならないだろう。

そこまで考えて、エイセイがリュエルの尻尾を撫で上げる姿を想像した。指の腹や背でゆっくりと毛並みに沿ってエイセイの指が動いていく。そうされたら、どんな気持ちだろう。

「……あ」

想像しただけで、ゾワゾワとした感覚が背中からうなじにかけてせり上がり、リュエルは思わず声を出してしまった。

「やっぱり駄目だ。危険すぎる」

猫族の毛皮は神聖なものだ。自分にこの先家族とか恋人と呼べるような者が現れるかどうかは分からないが、それ以外の人には、やっぱり許してあげられない。

不意に、背中に甘い刺激が走り、リュエルは再び「ふぁ……っ」と声を上げた。つい今し方危険な想像をして、そのときに感じたものと同じ、いや、それよりもリアルな感触をうなじに感じる。

一瞬何が起こったのか分からず身体を硬直させると、すぐ後ろから「ほう、柔らかい」という、低い声がする。

「おま……っ、エイセイ！　何を……っ、あ、止め……っ」

「耳より手触りがいいんだな」

慌てるリュエルに頓着せず、いつのまにか部屋に戻ってきたエイセイが、リュエルのうなじにある毛皮を撫でている。

リュエルに追い出され、一旦部屋を出たエイセイは、何食わぬ顔をしてもう一度戻ってきたのだ。完全に気配を消して。

「おまえ、卑怯《ひきょう》だぞっ！　何勝手に人の身体を触ってんだよ、ちょ、こら、止めろって」

リュエルの制止を聞かず、エイセイが掌や指でリュエルのうなじを撫でる。そのたびにザワザワとした感覚が走り、リュエルは背中を仰《の》け反《ぞ》らせた。

「おい！　触んな……って、ばっ、……っ、ぅぅ、んんんぅ」

逃げようとした腕を摑まれ、そうしながらもう片方の手で尻尾に触られた。不意打ちでうなじを攻撃され、腰に巻き付けていたそれが緩んでしまっていたらしい。

「……っ、みゃぁぁあああんん……」

尻尾を摑まれたら喉から高い声が飛び出した。尾てい骨のあたりから尻尾の先までビリビリとした刺激が流れる。それは壮絶な快感だった。

「おまえ……、なんて声を出すんだ」

エイセイが珍しく慌てた声を出すが、尻尾を摑んでいる手は離れておらず、わざとなのか偶然なのか、ギュッと握られて、また嬌声《きょうせい》が迸《ほとばし》る。

「ひぃ……、にゃぁああん、ふぁ、も、やめ……んんんぅうう」

「おい、どうした。大丈夫か？」

リュエルの異変に流石に気づいたエイセイが、握っていた尻尾を離した。その途端、腰砕け状態になったリュエルは床に座り込んでしまう。

「どうしたんだ、リュエル。まさか酔っているのか？」

息の整わないリュエルの顔を覗き込み、見当違いなことを言うエイセイを、涙目で睨んだ。身体に力が入らず、殴りかかることもできない。

「触っちゃ駄目だって、言ったのにぃ……っ」

崩れ落ちるリュエルを支えようと、エイセイが腕を伸ばす。エイセイに助けられながら、無防備になってしまった尻尾を腰に巻き付けようとするが、どういうわけか尻尾がリュエルの意思を無視して、エイセイの腕に絡みついてしまった。

「なんだ？　どうしたんだ？」

グネグネと蠢《うごめ》きながら、リュエルの尻尾が蔦《つた》のようにエイセイの腕に絡みつく。尻尾の先でエイセイの肘を擽《くすぐ》ったり、強い力でギュッと巻き付いたりしている。

「リュエル、何をしている。離すんだ」

「おれがやってるんじゃないんだよ。勝手に……っ、んぅう」

MYA
AAANn

自分から刺激を求めるように、リュエルの尻尾が蠢いている。尻尾が動くたびにリュエルにも刺激が伝わり、息が上がってくる。

離れたいのに自分の意思では離れられない。唇からは間断なく甘い声が出て、恥ずかしいのに腰が揺らめいてしまう。

「んん、……、もぅ、やだぁ、なんとかしてくれよ」

「そう言われても……」

エイセイのほうも、どうすればいいのか分からないらしい。狼狽《うろた》えた様子で、腕を引こうとしたり、声を上げるリュエルの顔を心配そうに覗き込んだりする。

「俺が尻尾を触ったからか？」

「そうだよ……、どうしてくれんだよ」

駄目だって言ったのに、騙《だま》し討ちのようにして触られた。全部エイセイが悪いのに、本人は険悪な顔をして、「おまえ、そんな危ないものをよくも無防備に晒しているな」と、説教を始めた。

「あまりにも迂闊《うかつ》すぎるだろう」

「だからいつも腰に巻いてるんだろ……っ。おれだって、まさかこんなふうになるなんて、知らなかった」

親に撫でられてもこんなことにはならなかったし、幼い頃は、友だちとお互いの尻尾を絡めたりして遊んだが、何事もなかった。盗族に襲われ母を失ってからは一人で生きてきたため、猫族の性についてのことなど、誰にも教えてもらっていないのだ。

話している間にも、リュエルの尻尾は動き回り、エイセイの腕を捕らえて離そうとしない。そのたびに快感が身体中を貫き、変な声が出そうになるのを必死に堪《こら》えた。

身体が熱い。息が上がる。ズクズクと下腹部が疼《うず》き、我慢が効かなくなってくる。このまこうしていたら、ものすごく恥ずかしいことになってしまう。

「なんとかしてくれよ……ぅ、ぅ、んんぅ……」

リュエルを苦しめている元凶に、助けを求めなければならないのが情けない。だけど縋《すが》る相手がエイセイしかいないのだ。

「……無理やり外すぞ」

険しい顔をしたエイセイが、リュエルに同意を求めるように見つめてきた。すでに会話ができない状態で、リュエルは必死に首を縦に振った。

きつく絡んでいるリュエルの尻尾を、エイセイが摑む。強い力で引っ張られ、無理やり引き剝がそうと格闘している。

「凄い力だな。相当執着しているらしい」

「うる……さいっ、早く剝がして」

「やっている」

「……あぅ……っ」

エイセイとリュエルの尻尾との戦いはしばらく続き、とうとう腕から引き剝がされた。再び捕まらないように、エイセイが素早い動きでリュエルの側から飛び退《すさ》る。

やっと解放されたことにリュエルは息を吐き、そのままパッタリと床に倒れた。

「……大丈夫か」

手を貸したいが、近づけば再び尻尾が絡みつくことを懸念して、エイセイが遠くから声を掛けた。

「ん……」

身体は怠《だる》く、まだ熱を持っている。リュエルは最後の力を振り絞って、寝台の上に這《は》うようにしながら移動した。

「このまま寝ていろ」

ドアの側に立ったまま、エイセイが言った。

「うん。今日はもう下に行くのは無理そうだ」

「ああ、連中には適当に言っておく」

「頼んだ」

迷惑を掛けたとか、助かったとか、そんな言葉が浮かんだが、リュエルをこんな目に遭わせたのは紛れもなくエイセイなので、言わないでおく。

ぐったりと寝台に沈むリュエルを残し、エイセイが「じゃあ」と言って、踵を返した。

「その……悪かった」

背中を向けたエイセイが小さな声で言い、リュエルは目を閉じたまま、「ああ」と、返事をした。酷い疲労感があるが、快感の残滓《ざんし》がまだ残っていて、その甘い感覚にずっと浸っていたいような気がした。


そびえ立つ真っ黒な城壁は圧倒的で、リュエルは口を開けたままそれを見上げていた。

「そろそろ虫が入り込むぞ」

エイセイに注意され、慌てて口を閉じる。

目の前にあるのは、頑強な砦《とりで》だ。エーレンの町を出て、リュエルたちガガリキャラバンは、ダンフェールという名の城塞都市を訪れていた。

今までの町とは違い、砦の内側に入るには、通行証を提示しなければならない。城門の両脇には、槍を持った兵士が複数立っていた。鎧《よろい》を着込んだ兵士の姿は重々しく、今まで訪れてきた町々と違い、のんびりとした雰囲気がまったくない。ガガリが通行証を提示し、五台の馬車で通り過ぎるまで、リュエルは緊張しっぱなしだった。

門を潜《くぐ》ると景色が一変した。門のすぐ近くには石畳が敷かれた広場があり、驚くことに噴水が派手に水を噴き上げていた。噴水の奥には市場が広がっていて、色とりどりの露店が軒を連ねている。

人も多く、服装も色鮮やかで、リュエルが奴隷として売られていた市場とは比べものにならないくらいに賑やかだった。種族は人族がもちろん一番多いが、獣人の数も多かった。鎧を着た軍人らしい狼族や竜族の姿もある。

砦の中には更に砦が幾重にも重なり、その一番奥にこの国の城があるのだそうだ。国内には大きな川が流れていて、豊富な水と、それを守るための戦いが国を強くした。イルヌール大陸屈指の軍事国家ダンフェールの中央にある都市が、国と同じ名を持つここ、ダンフェールだ。

馬車に乗ったまま市場を過ぎ、建物が建ち並ぶ界隈《かいわい》に入った。ガガリの号令で、大きな商会の前で馬が止められる。今回の主な取引はここで行われるらしい。

「よし、イザドラと俺は商談に行く。全員で荷を下ろしたら、馬を連れて宿に行ってくれ。今回は大きい商談になるからな」

馬車を移動させ、商会の従業員の指示に従って、荷を下ろしていった。ガガリとイザドラの姿はそのときには既になく、残された隊員たちで今後のために動く。

今回も宿を取り、全員で逗留《とうりゅう》するようだ。監視の厳しい城塞都市なので、気軽に野営はできず、そうするためには一度砦の外へ出て、再び通行証を提示し、入場しなければならない。

荷下ろしが終わったあとは、馬を連れて全員で宿に移動した。この都市にも定宿があるようで、リュエルは仲間たちのあとをついていくだけだった。

馬を預け、宿泊の手続きをしたあとは、ガガリたちが戻ってくるまで自由時間だ。部屋割りが終わると、買い物に出る者、部屋で休息を取る者、食堂で酒を飲む者など、それぞれが好きに過ごすことになった。

ダンフェールの宿は、エーレンよりも建物の規模が大きく、部屋数も多い。だけど部屋の仕様はそんなに変わらなかった。違うのは窓際に小さなテーブルと椅子があり、ランプが置いてあることぐらいだ。

前と同じように、リュエルはドアに近い寝台を確保して、自分の荷物を置くと、何もすることがなくなった。相部屋のザームとアジェロは既にやることが決まっているのか、早々に宿を出て行った。

「おまえはどうする？　何か用事があるのか？」

エイセイが聞いた。

「あるわけないだろう」

初めて訪れた都市で、しかも成人前から奴隷として転々とした生活を送ってきたのだ。自由にしろと言われても、何をすればいいのか分からない。

「じゃあ、市場にでも行くか」

「いいの?」

「嫌だったら誘わない」

エーレンの町で、エイセイに尻尾を握られリュエルが乱心してから、一週間が経っていた。

次の日からどんな顔をして会えばいいのかと悩んだリュエルだったが、エイセイの態度はまったく変わらなかった。強いて言えば、リュエルの尻尾がちゃんと腰に巻き付いているかを、さりげなく確認するようになったぐらいか。

初めは意識してギクシャクしていたリュエルだが、エイセイがあまりにも変わらないので、悩むのを止めた。あれはちょっとした事故で、何もなかったことにするのが一番いいのだと、エイセイの態度がそう言っているから、自分もそうすることにしたのだ。

エイセイと連れだって、さっき馬車で通り過ぎた市場へ行く。区画整理がされているらしく、買い物客の道を塞ぐことがないように、店は綺麗に並んでいた。地面に蓙《ござ》を敷いて手作りの器や薬草などを並べている者や、木箱を用意している者、木枠で屋台のように骨組みを作っている店もあり、商品の種類も様々だ。

岩や石ころを並べている店もあり、石が売り物なのかと不思議に思ったら、これは鉱石というものだとエイセイが教えてくれた。串に刺して焼いた肉や、薄く焼いたパンで食材を巻いたものなど、その場で食べられるような店もたくさんあった。

目に入るものがすべて珍しくて、キョロキョロするリュエルを、エイセイが「猿のようだな」と言った。猫なのだが。

「ああ、そうだ。預かっていたんだ」

エイセイがそう言って、リュエルに小さな袋を渡してきた。中を開けてみると、小銭が数枚入っていた。

「何これ?」

「金だ」

「それは分かるけど、なんで?」

「おまえのものだ」

エイセイの言葉に驚いて、リュエルはその場で立ち止まった。

「ボウッとするな。掏《す》られるぞ」

小銭の入った袋を持ったまま呆《ほう》けているリュエルの手を握り、「早くしまえ」とエイセイが言う。

「おまえの給金だ」

「給金……?」

「まだ入ったばかりだから、少ない額だが、今までおまえが稼いだ金だ。大事に使え」

奴隷として買われたのに、まだ他の連中の十分の一の働きもできないでいるのに、ガガリはリュエルに金を渡してくれたのだ。

いいのかなと思ったが、それを言ったら、エイセイはたぶんまた「しつこい」と言って不機嫌になるだろうから、言わないでおくことにした。

「何か欲しいものがあるのか？」

「分からないよ。こんな大金持ったことないもの。おれ、何買えばいいのかな」

「別に無理をして使う必要はない」

「何買おうかな」

「話を聞け」

初めて渡された給金に、リュエルは浮かれていた。エイセイは少ない額と言ったが、リュエルにとってはそうではない。

「さっきの肉。串に刺したやつ。あれが食いたい」

「ああ、向こうにあったか」

無駄遣いだと説教をされるかと思ったが、エイセイはすんなりとリュエルに同意し、さっき通り過ぎた店へと戻ってくれた。

自分の分と、エイセイの分と、それぞれが金を払い、串刺しの肉を手にする。焼いてしばらく置いておいたのか、少し固かったが、嚙むほどに肉汁が口の中に広がって、すごく美味《うま》いと思った。

肉を食べたあとは、ゆっくりと市場を見て回る。金を持たないままただ見物して歩くのと、欲しければ買えるのとでは、楽しさがまったく違った。

手作りの生活用具から、絶対に買えないだろうと思う装飾品まで、リュエルはじっくりと見て回った。手に届かない品物でも、目利きの目を育てるためにちゃんと吟味したほうが為になるからと、リュエルが足を止めるたびに、エイセイが品物の説明をしてくれた。

大きな市場の中を、飽きることなく品物を見て歩いていると、武器屋が並ぶ一角に辿り着いた。剣や槍、弓や鏃《やじり》など、様々な武器がいろんな店で売っている。

その中で、剣を多く扱っている店を見つけ、リュエルはその前に立った。短剣や長剣、曲刀などもあり、見たこともない形の剣も並んでいた。

「剣が欲しいのか」

「欲しいけど、いくらなんでも買えないよ」

目利き以前に物の価値などほとんど知らないリュエルでも、今の持ち金で買えるようなものではないことぐらいは知っていた。

「一つ買ってやる」

「えっ！」

突然の提案に大きな声を上げ、エイセイを見上げた。

「そろそろ武器の一つぐらい持っていてもいいだろう」

リュエルの驚きを他所《よそ》に、相変わらず涼しげな顔で、エイセイが「選んでみろ」と言った。

「いいの？」

「早くしろ」

こうなると、問答をしても結果は同じなので、リュエルはありがたく選ばせてもらうことにした。

「おれ、長剣がいい」

「ナイフにしろ」

「なんでだよ」

「おまえにはそれが合っている。猫族は接近戦が得意なんだろう。それに、小柄なおまえでは長剣は扱いにくい。ナイフで接近戦、遠距離は投擲《とうてき》で凌ぐような戦い方がいい」

いきなり出鼻をくじかれて膨れっ面《つら》を作るリュエルだが、エイセイの助言はなるほどと思えるものだった。

結局、エイセイの意見を聞きながら数本のナイフを選び、その中で手に一番しっくりくるものを買ってもらった。

リュエルの選んだナイフは、柄の部分に動物の革を巻いただけで、特に飾りもついていない、簡素なものだった。けれど研ぎ澄まされた刃の部分は、薄くても硬く、とても使い勝手がよさそうだ。

「いい買い物をしたな。良品だと思うぞ」

エイセイもリュエルの選択を肯定してくれて、ますます自信を持つ。エイセイはナイフと一緒に、それを携帯するためのベルトも購入してくれた。腰に回したベルトのホルダー部分に、買って貰ったばかりのナイフを収める。ベルトを着けるために腰に巻き付けた尻尾を解き、装着してからナイフを隠すようにまた巻き付ける。その間、エイセイが通りすがりの客に尻尾を触られないように警戒しているのが可笑《おか》しかった。

「エイセイ、ありがとう。大事に使う」

「ああ。いい相棒になるといいな。いきなり長剣が欲しいと言ったときには驚いたが」

「長剣が好きなんだよ。いつか自分の金で買えたら買う」

「おまえには扱えないだろうが」

「そんなことない。親父《おやじ》に習ったから」

リュエルの父は、様々な武器を器用に扱えたが、中でも剣の腕は一流だった。放浪の旅を一人で続けられたのも、その腕があったからだ。

リュエルはそんな父に、村に帰ってきたときには、剣の稽古をつけてもらっていた。

「ちょっと変わった剣技なんだけどな、凄く強いんだ」

「おまえの父親がな」

「俺だって強くなる」

父が愛用していた剣は、他では見たことのないものだった。切れ味が凄《すさ》まじく、今露店に並んでいるような、叩いたり突いたりする剣と違い、斬《き》ることに特化した剣だった。旅から戻ってきたときには、その剣を分解し、自ら手入れをしていた。

大人になったらリュエルにそれを授けると言われ、楽しみにしていたが、その約束が果たされることはなかった。

旅先で怪我を負って帰ってきた父は、その怪我が原因で、リュエルが十一のときに亡くなった。形見の剣も、その三年後に村を襲った盗賊団に奪われ、今はもう何処にあるのかも分からない。

「まあ、長剣といわず、いろいろな武器を扱えるのは強みになる。まずはそのナイフからだな。時間のあるときに教えてやろう」

「分かった。頼む」

腰に携帯したナイフに手を添えながらリュエルが笑うと、エイセイが「おう」と言って、歯を見せた。

その顔を見た途端、リュエルは不穏な気配を感じ、ザッと飛び退り、警戒の態勢を取る。

「どうした?」

「……おまえ、エイセイじゃないな?」

エイセイの顔から表情が消え、僅かに首を傾げている。

「おまえは誰だ!」

「何を言っている」

「エイセイの偽者だろう」

リュエルの言葉に、エイセイの姿をした偽者が、呆れたように溜め息を吐く。

「何故《なぜ》俺が偽者だと思った？」

「だって歯を見せた」

「……歯？」

わけが分からないといった顔をしているエイセイの偽者に向かい、ビッと指を突き立て「エイセイは笑わない」と、高らかに答えた。

「さっきからやけに親切だと思っていたんだ。買い物に付き合ってくれたり、ナイフを買ってくれたり……！」

「馬鹿馬鹿しい。帰るぞ」

「逃げるのか」

「うるさいからあっちへ行け」

「……エイセイなのか？」

「偽者だ」

「違うのか？　どっちだ」

「もう喋《しゃべ》るな。馬鹿の相手なんかしていられない」

「やっぱりエイセイなのか？　じゃあ、さっきなんで笑ったんだ？」

「それは俺が偽者だからだろう」

早足で市場を歩くエイセイのあとを追い掛ける。そして宿に戻り、すっかり機嫌を悪くしたエイセイにナイフを返せと詰め寄られ、平身低頭、謝り倒すリュエルなのだった。


城塞都市には三日間滞在した。その後はまた馬車を引き連れ、ダンフェールの国内を回る。中央と同じように砦で囲まれた中都市や、普通に開けている町など、形態は様々だったが、以前に訪れた国に比べて、何処も裕福な印象を受けた。建物は頑強で道は整備され、人口も多い。大きな川と、鍛え上げた軍事力によって、栄えてきたのだろうことが窺える。

都市や町を回りながら、ときには宿に泊まったり、砦の外で野営をしたりと、町の規模や状況に合わせてガガリは商売を行う。二手や三手に分かれ、別々に仕事をすることもあった。

今日は、久々に仲間が全員集まり、外で焚火を囲んでいた。自分たちで用意した夕食を取りながら、それぞれが今までの仕事の報告をしている。

何処の町も景気がよく、運んできた荷物が瞬く間に売れたという。

「……きな臭《くせ》ぇな」

景気がいいという話を聞いたばかりだというのに、ガガリが濃い眉を顰めた。焚火の炎が、青い瞳の中で揺らめいている。

「始まりそうか？」

ドゥーリの問いに、「ああ、たぶんな」とガガリが低い声で答えた。

なんのことか分からないので、リュエルは隣にいるエイセイを見る。千切ったパンをスープに浸しながら、エイセイが「戦《いくさ》だ」と言った。

「え？　ダンフェールが？　何処と？　やばいじゃないか。商売なんかしてていいのか？　あ、それとも傭兵として参加するのか」

思いがけない言葉に、リュエルは矢継ぎ早に質問する。

「いや、すぐというわけじゃない。相手国も、開戦の時期もまだ分からん。準備中というところだろう」

「軍隊が動いているような様子はなかったぞ？」

中央の城塞都市でも、他の地域でも、そんな兆しはまったく感じなかった。市場で軍人の姿を見たことはあったが、これから戦をするような気配もなかったし。

リュエルの疑問に、ガガリが「そりゃそうだ」と言った。

「軍隊が出張《でば》ってくる段階なら、もう開戦している。今はまだごく少数が水面下で動いているんだろう」

商品の流通の具合、物価の上下、商人の動きなど、各地域での状況を見て、ガガリは判断したらしい。

「で、それを踏まえてだ」

ガガリが声を張り、周りにいた全員が顔を上げた。

「これからは、行商をしながら情報を得るほうに重点を置く。相手国、戦の規模が分かれば一番だ。その他今までにない動きがないか探れ。少しでも有利な立ち回りができるようにな。おまえら、稼ぐぞ」

戦は人々の生活を脅かすが、商機でもある。良い情報をより多く持っている者が勝つのだと、ガガリが檄《げき》を飛ばした。

次の日から新しい行動が始まった。ガガリはこれまでと同じように大口の商売を、他は数人ずつで組を作り、行商しながら情報収集をすることになる。宿屋や酒場は良い情報源で、その他にも物品の流れには特に注意しろと、助言をもらう。

リュエルは宿でいつも相部屋となる四人組で動くことになった。比較的規模の小さい町や村を馬車で回った。農村などはのんびりしたもので、これからこの国が戦を起こそうとしているとはまるで思えない。

目に見える変化は起こっていないが、よくよく調べれば、小麦などの物価が徐々に上がっていることが分かった。

「買い占めが始まっているんだろう。戦には兵糧が必須だからな」

武器に用いる鉱石などの値が動いていれば、決定的だとエイセイが教えてくれた。

「……凄いな。そういうので分かるんだ」

情報を得ろと言われても、リュエルにはどうやって得ればいいのかまったく分かっていなかった。その辺にいる人に聞き込みでもするのかと思っていたぐらいだ。

「軍事に携わっていない普通の平民に聞いても、そんなことが分かるはずがないだろうが」

食品の値上がりにしても、今年は他の地域が不作だったのかと考えるくらいの僅かな変化で、劇的に動いているわけでもない。

だいたい、今のこの段階で戦の兆しを嗅ぎつけられるのは、ガガリくらいだと言った。

数日に一度の割合で散り散りになった隊員たちが集まり、情報交換をして、また散っていく。

みんなが持ち寄った話をガガリが精査したところ、戦は決定的、時期は収穫の時期を加味すると、早くても三ヶ月後以降になりそうだということだ。準備の具合を見ると、一方的な侵略を目論《もくろ》んでいる公算が大きいという。ただ、何処を狙っているのかがまだ分からない。

「こいつが分かれば情報が売れるんだがな」

ダンフェールにつくか、まだ見ぬ相手国につくか、それによって動きが変わるとガガリが言った。大陸じゅうを行商しているキャラバン隊の持つ情報は、戦時にはその価値が跳ね上がる。

「一つ、耳よりな話を聞いてきたよ」

相手国はまだ分からないままだが、有力な情報を摑んだと、イザドラが得意げに口端を上げた。

「おう。さすがイザドラ。話せ」

「カルクルで、領主の屋敷に招待されたのさ。そこの宴席でいろいろと話が聞けたよ」

カルクルとは、ダンフェール内にある大領地の一つで、イザドラはその美貌を使い、贔屓《ひいき》にされているという。

「ダンフェールの国王は、新しく宝剣を造るようだ。それで、剣の意匠のための職人を募ってるんだと。各領主に声を掛けているらしい」

国王からの命に、カルクルの領主も腕のいい職人を探すために人を派遣しているらしい。イザドラにツテはないかと、相談を持ちかけてきたのだという。

「宝剣か。景気のいい話だな」

「なんでも、ずっと探していた宝玉の在処《ありか》が分かったんだそうだよ。今までの宝剣の柄にはそれぞれ色の違う石が三つはめ込まれていて、四つ目が手に入ったら、新しく造るんだろうね」

「宝玉か……。色が違うってのは、石の種類が違うのか。なんの石なんだろうな」

「『神宿る石』って呼ばれてるものらしい」

イザドラがそう言った瞬間、ブワッと空気が膨れ上がった。殺気にも近い強い気配が、辺りを包み込む。

毛が逆立ち、尻尾が腰に巻かれたまま膨らんだ。これほど物騒な気をぶつけられたことはなく、リュエルは額に浮かんだ汗をそっと拭いた。

顔を向けるまでもない、この気を放っているのは隣にいるエイセイだった。人族にはこういった気が感じられないのか、誰も何も言わない。ドゥーリなら絶対気づくはずだが、彼も動かなかった。気づいていて黙っているのだろうと、リュエルも何も知らない振りをする。

「三つ。で、四つ目が手に入る予定か」

ガガリが思案するように顎に手を置いている。

「じゃあ、その四つ目の『神宿る石』を持っている国が狙われているっていうわけだな」

全員での集会を行った夜から二日後、リュエルたちはダンフェールを出て、別の国へ移動した。これ以上はダンフェールで得られる情報はないと見て、次の情報を探るためだ。

まずはダンフェールのすぐ隣にあるジャルファという小国家に入っていった。以前と同じように手分けして行商と情報収集をして回り、数日後にはまた次の国へと移動する。

大陸の気候は何処もそんなに変わらないが、その国々の特色で、随分印象が変わった。建物の形状や食べ物、服装もだいぶ違う。

リュエルが行動を共にするのは、いつもの相部屋の三人が多かったが、時々は別の者と組まされることもあった。ガガリやイザドラについて行ったり、ドゥーリと組んだり。けれどエイセイだけはずっと一緒だった。ガガリに「気に入りだからな、責任を持て」とからかわれ、嫌な顔をしても、組み合わせに文句を言うことは一度もない。

リュエルは仲間について行きながら、馬の世話や御者、荷物運びなど、雑用をこなす合間に、仕入れや発注のやり方、情報収集のコツなどを、少しずつ教えてもらった。

そして夜には、エイセイに教えてもらいながらナイフの練習をするのが習慣になっていた。柄の握り方から腕の使い方、刃の返しなど、様々な状況を想定しながら稽古をつけてもらう。「神宿る石」の話が出てから、エイセイはずっと張り詰めたような気配を発していた。キリキリと刺すような気を放ちながら、時々一人で考え込んでいる姿を見ることもある。

そんなエイセイに聞きたいことはたくさんあるが、聞くことはできなかった。

気軽に聞いていい話ではないのは、エイセイの様子を見ていれば分かる。話を聞いたところで、リュエルにできることがあるとも思えない。

それに、エイセイからはリュエルに話すつもりなどないのも分かる。ほとんど一緒にいて、軽口は叩くのに、「神宿る石」については何も言わないのだから。

どういう由来のものなのかは分からないが、エイセイがずっと探していたのは、「神宿る石」なのだろう。

石は全部で四つあり、そのうちの三つはダンフェールが持ち、宝剣の柄に埋め込まれている。そしてあとの一つが、これからダンフェールが攻め込もうとしている国にあるらしい。

「在処が分かったらどうするんだろう。みんなで攻め込むのかな」

最後の一つはどうか分からないが、あとの三つは国王が持っているのだ。簡単に奪えるようなものではなく、盗みに入るのも、攻め入るのも、まったく現実的ではない。

「ガガリがなんとかするのかな……」

普段は明け透けな物言いで、飄々《ひょうひょう》とした男だが、もの凄く有能だということは、今までのことで嫌というほど理解した。他の連中も優秀で強い。ガガリの手足となって働き、成果を得ているのだ。

「俺だけなんにもできない……」

役に立ちたいと思っていても、リュエルの力量では高が知れている。頭が切れるわけでもなく、ちょっとすばしっこいだけで、戦力としても心許《こころもと》ない。エイセイの半人前という言葉に、今更ながら納得する。

こんな自分に、エイセイが秘密を打ち明けてくれるはずもないのだ。

「そりゃそうだよな」

頼りにもならない、気の利いた助言もできない、慰めるような気配りもできない、成人したばかりの獣人なのだから。

考えてみれば、リュエルはエイセイ自身のことを何も知らない。キャラバン隊の他の連中は、故郷や親のことなんかを話してくれるが、エイセイはいっさいそういう話題には入ってこない。

たった一度、故郷の話を聞いただけだった。リュエルがキャラバン隊に入って最初の頃に訪れた砂漠の村で、エイセイの故郷がどんなところかを聞いた。それだけだ。

「話したくないことなんだろうな。過去形だったし」

リュエルにとっても故郷とは、思い出そうとすると苦いものが込み上げてくる場所だ。言いたくない気持ちはリュエルにも分かる。

だから、話してくれなくて寂しいなんて思うのが、お門違いなのだ。

「……そう。おれだって言えないし」

自分のほうが重大な秘密と決意を抱えているのに、そっちの秘密を打ち明けてほしいなんて望むのは、間違っている。

「『神宿る石』。宝玉か。どんな石なんだろう。宝石みたいなものなのかな」

色や形、光るんだろうか。貧しい生活を続けてきたリュエルには、宝玉というのがよく分からない。赤や碧、黒など、いろいろな色があるらしいが、リュエルが見たことのある宝石は、たった一つだ。

エイセイの探すその石は、どんなものなんだろうと想像しながら、リュエルはそっと自分の胸に手を当てた。

リュエルの生まれ育った村は、総勢で三百人にも満たない小さな集落だった。豊かとはいえないが、それでも森の恵みがあり、飢えることはなかったから、幸福だったんだろうと思う。

父はたった一人の人族だったが、リュエルが生まれた頃には、すっかり住民に受け容れられていたと、母が言っていた。

母との思い出はたくさんあるが、父を思い出そうとすると、剣を振っているところか、その剣の手入れをしている横顔か、或《あ》るいは何もせずにじっと考え込んでいるような姿しか浮かんでこない。

リュエルにとって、父がいない生活が当たり前だった。それほど頻繁に、父はリュエルたちを置いて大陸じゅうを放浪して歩いていた。土産をもらったこともない。ただ、戻ってきたときには、あの変わった剣を使って稽古をつけてくれた。

強い父を尊敬していた。あまりかまってはもらえなかったが、父が好きだった。優しいところもあるんだよと、時々母に惚気《のろけ》られたけど、その辺はよく知らない。母は猫族の中でも綺麗なことで有名で、たくさんの求婚者がいたけれど、父を好きになってしまったと言っていた。子どもにする話じゃないと思った。

母は、父が誰かを探すために放浪を続けていると言った。詳しいことは、母にも教えてもらえないのだと。長い旅から戻ってくると、今回も見つからなかったと、肩を落とす父を、母がよく慰めていた。

成人してもっと強くなったら、父の探し人を見つける旅に、リュエルもついて行こうと思っていた。だから剣をいっぱい修練して、もっと強くならなければと、父のいない間も、ずっと稽古をしていた。

そんな父が旅先で大怪我を負って、命からがら戻ってきたのは、リュエルがもうすぐ十一歳になろうとする頃だった。物盗《ものと》りと対峙《たいじ》し、相手が投げた武器を避けようとして、崖から落ちたらしい。

傷の痛みに耐えながら、父は早く治して、また探しに行かなければならないと、ずっと言っていた。探し出して、お返ししなければならないものがあるのだと、それを遂げるまで絶対に死ねないのだと、壮絶な決意を以て怪我と戦っていた。

だけどその願いは叶わず、リュエルが十一歳になってすぐに、父はこの世を去った。

残されたのは父の愛剣と、父が肌身離さず持っていた小さな袋。中には小指の爪ほどの大きさの、薄茶色をした宝石が入っていた。

この石を、父は探している人に返したかったのだろう。

父は詳しい話を、母にも誰にも伝えることがなかったため、その宝石を誰に返せばいいのかが分からなくなった。

いつかその人が取りにくることがあるのだろうか。それともリュエルが大人になって、探しに行ったほうがいいのか。大きな町へ行けば手掛かりがつかめるかもしれない。父の愛剣を見せれば、知っている人に出会えるかもしれない。

強かった父が何年も放浪して見つからないのだから、難しいと思うと母は悲しそうに言った。だけど、あれだけ執念を燃やして探していたのだ。父の望みを叶えてあげたいと、リュエルは強く思った。

いい方法が何も思い浮かばないまま、母との生活が続いていたある日、村を盗賊団が襲ってきた。リュエルが十四歳のときだ。

希少種の猫族を捕らえて、高値で売りさばこうと、百人近くの集団で襲ってきたのだ。

身体は小さくても、狩りを得意とする獣人の猫族だ。直ぐさま迎撃態勢に入り、激しくぶつかり合った。

だが、予《あらかじ》め計画を立てて襲ってきた集団は、罠《わな》や飛び道具、火薬などを使って、村人たちを追い詰めていく。

激しい抵抗を見せる者は、容赦なく殺された。これ以上仲間を減らすよりも逃げたほうがいい。そう決断させられるまで、盗賊団が襲ってきてから半日もかからなかった。

リュエルも母を連れて家から飛び出した。荷物を持ち出す余裕などなく、父の剣と宝石の入った袋だけを摑んで村をあとにした。生き延びさえすれば、いつかまたみんなと会える。それだけを希望にして、森の中に逃げ込んだ。

だが、盗賊団はリュエルたちが逃げ出すことを想定し、待ち伏せしていたのだ。リュエルたちより先に行っていた仲間は、半分が捕らえられ、半分が殺されていた。母とリュエルを見つけた盗賊の一人が、「上玉だ」と言って笑った顔は今でも忘れられない。

手分けして待ち伏せをしているらしく、リュエルたちの前にいたのは、二十人程度だった。だけどほとんどの仲間が敵の手に落ち、母と二人だけでは、到底逃げ切れない状況だった。

ジリジリと近づいてくる盗賊たちから遠ざかりながら、なんとか逃げ切れないかと考えているリュエルの口元に、突然母の手が伸びてきた。口の中に硬い物を入れられて、「飲め」と言われた。

「これだけは奪われるわけにはいかない。飲んで身体に隠せ」

殺しても身体を捌くようなことはしないだろう。盗賊たちは猫族が宝石など持っていると思っていない。だから死んでも隠せ。絶対に奪われてはいけない。

必死の形相で渡された父の形見を、母の命令通りに飲み下した。

死を覚悟で盗賊たちに対峙した。母を背に庇《かば》いながら、父の愛剣を夢中で振るう。ずっと修練を続けていたお蔭《かげ》か、何人かは倒すことができた。

だけどたった一人では、全員を斬ることは叶わない。

必死に剣を振るい続け、消耗したところを見計らわれ、とうとう剣を奪われた。そして、リュエルを庇おうとした母が、父の剣で斬られたのだ。

目の前でゆっくりと崩れ落ちる母の姿を見たあとの記憶がない。気がつけば、リュエルは一人で立っていた。覚えのない槍と短剣を両手に持っている。母が斬られる光景を見て箍《たが》が外れ、闇雲に暴れたらしい。

倒れている母に駆け寄ると、息があった。リュエルの剣幕に恐れをなし、逃げていったよと、母が笑って言った。

それからは、母を背負って森の中を彷徨《さまよ》った。残党狩りに会わないように息を潜め、小川の水と薬草で傷の手当てをし、それからまた森の中を歩く。

人の気配を避けるように母を背負って逃げ回り、いつしか乾いた土地へ迷いこんでいた。森のある場所に戻ろうか、先へ行けば人の住む場所へ辿り着けるのか。村に帰れないことだけは分かっていた。蹂躙《じゅうりん》し尽くされたあの村には、もうきっと何も残っていない。

移動しているうちに、母がどんどん弱っていった。父の剣の切れ味は、リュエルも母も嫌になるほど知っていた。

「剣を盗られちゃったねえ」

大きな樹《き》を見つけ、木陰に母を横たえた。荒い息を繰り返しながら、母は父の形見を奪わ

れたことを気にして、何度もそう言った。

「でも、宝石は守ったから」

母に飲まされた石は、リュエルの身体の中にある。胸に手を当てて、「ここにあるよ」と言ったら、母が安心したように笑った。

父さんきっと褒めてくれるよ。

母の最後の言葉だった。

「何処にいるんだろうな、その人は」

母や父のことを思い出しながら、リュエルは胸に当てた掌で、宝石の在処を探った。

あのとき飲み込んだ父の形見は、未だにリュエルの中にあった。身体から出ていかず、消えてなくなりもせず、ずっとここに留《とど》まっている。

きっと父が探していた人に会えるまで、ここに居続けるんだろうと思う。

もし、その人に会えたのなら、この胸を裂いてでも返したい。それが父の、そして母とリュエルの願いなのだから。


更に旅は続き、次の国へと入っていった。砂漠が近くにあるからか、ダンフェールよりも以前にいた地域のほうに印象が近い国だった。乾燥した風が強く吹き、緑も少なく、町並みは簡素だ。

ここでも行商と情報収集の二段構えは変わらず、皆で手分けして行動する。リュエルもだいぶ慣れてきて、今では言われる前に素早く動けるようになってきた。荷下ろしの準備や宿の手配、旅に必要な消耗品の仕入れなど、細かい雑務はほとんど一人でこなしていた。他にもその地で店を構えている商人に聞き込みをし、彼らが今欲しているもの、余剰品などを調べ、正確な情報を素早く伝えるなど、行商に関しても信頼をもらえるようになってきていた。

「だいぶ使えるようになってきたじゃないか。偉い偉い」

ガガリが頭を撫《な》でてこようとするのを回避しながら、「まだまだ」と答える。一人前と認められるには遠く及ばないことは分かっていた。だけど焦っても仕方がないのだ。今のリュエルは、できることを着実に増やしていくしかないのだから。

エイセイは相変わらず無表情で辛辣だが、あのピリピリした気配は緩んできていた。ダンフェールから遠ざかったことで緊張が解《ほぐ》れたのか、それとも「神宿る石」を取り戻す目処《めど》でも立ったのか。

相変わらずそのことについて、エイセイは何も語らず、リュエルも何も聞かない。教えてくれたら聞こう、ぐらいの気持ちでいることにした。

張り詰めて思い悩むエイセイの姿を見ることが少なくなったので、リュエルもなんとなくそんなふうに思えるようになっていた。

エイセイが張り詰めると、側《そば》にいるリュエルまでビリビリと毛が逆立つ。逆に穏やかでいられると、自分もなんとなく落ち着いた心持ちになってしまうのが不思議だ。

「まあ、ずっと一緒に行動しているからな」

機嫌が悪いのはそんなに気にならないが、思い詰められると、こっちもキリキリと胸の辺りが疼《うず》いてしまうのだ。気配に敏感な獣人だからかもしれない。

「相手国はアバルらしい」

恒例の報告会の夜だった。

あちこちに散らばっていたキャラバン隊の仲間たちが集まって、いつものように焚火を囲み、得てきた情報を披露しあっていた。

みんなの報告を聞いたあと、最後にガガリが言ったのが、ダンフェールが戦《いくさ》をしかけようとしている国の名だった。

「さて、どうするか」

ガガリがみんなの顔を見回して、顎《あご》に手を置いたいつもの姿を取りながら、ニヤリと笑った。

アバル王国は、海を背にした大国だ。大陸の外との交流をしており、文化が豊かな国だと聞く。

「俺ぁ、ダンフェールよりあっちの国のほうが好きなんだよな。まあ、商売で好き嫌いを言っちゃいけねえんだけどよ」

アバル王国は大国だが、ダンフェールとは軍事力では比べものにならないほどの差があるのが現状だ。

「『神宿る石』が欲しいってのは嘘《うそ》じゃないだろうが、あの土地をずっと狙ってたってのが本音だろうな」

戦を起こすのには建前がいる。ダンフェールは「神宿る石」はすべて自国が所有する権利があるとして、幾度となく返還を要請し、そのたびに「根拠がない」と断られているのだという情報が入った。

それで、神聖なその石を取り戻す聖戦として、アバルに攻め込もうという作戦のようだ。

「アバルにすれば、『何言ってんだ？』ぐらいのイチャモンだからな。ずっと無視し続けて、向こうも要請だけしてあとは何も仕掛けてこないから、放っておいたんだろう。上手《うま》いこと油断させてんな。流石《さすが》だわ」

それで突然攻め込まれれば、アバル王国の敗色は濃厚だ。土地も宝玉も、海まで手に入る。その建前を作るため、ダンフェールはずっと根回しを続けていたのだ。

「で、ここで相談だ。真っ正面からぶつかっても、ダンフェールのほうが断然強い。奇襲するのは自国の軍をなるべく消耗させせないためだと見た。ここにつけいる隙があると思うんだよ。まあ、だいぶ危ない橋だけどな」

ダンフェールはアバルの海が欲しい。そしてガガリはあの土地が戦で荒らされるのが惜しいと言った。

「軍需景気で儲《もう》けようと思えばダンフェールだが、戦が終われば商機もたちまち消える。そうなると、多様な物品の流通が滞り、長い目で見たときには、アバルの文化が滅ぶのが勿体《もったい》ねえと思うんだよ」

ガガリの発する気はエイセイの凍えるような鋭さと違い、炎をまき散らすような熱さだった。そんな気を放ちながら、リュエルたちの顔を見回し、「協力してくれねえか？」と、穏やかな声で聞いてくる。

「俺はそれでいいよ。アバルには知り合いもたくさんいるし」

アジェロが手を挙げてガガリに賛同した。それをきっかけに、俺も、俺も、と手が増えていく。

「隊長がそうしたいって言うんだから、俺らは従うだけだ。どうせもう作戦練ってんだろ？」

ドゥーリが言い、ガガリがニヤッと笑った。

結局ほとんど全員がガガリの誘いに乗り、多数決で事が決まる。最後まで反対も賛成もしなかったのは、イザドラとエイセイ、そしてリュエルだ。

「おれは賛成も反対もしない。というか、分からない。ダンフェールは行ったことがあるけど、アバルは知らないから。でも、隊長が言うことには従うよ。できることは全力でやる。ただ死ぬのはやだけどな」

率直な意見を言えと言われたから、リュエルは思ったことをそのまま言った。リュエルは奴隷だから、命令されれば従うしかない。だけどここにやってきてからの三ヶ月間、誰もリュエルを奴隷としては扱わなかった。

今も命令ではなく意見を聞いてきた。だからリュエルはリュエルとして、できることは精一杯協力すると言えたのだ。

「おう、全力で守るぜ、エイセイが」

「俺なのか」

「当たり前だろ？　このちびっ子はおまえのもんなんだから」

「ちびっ子じゃないし、おれは誰のものでもないぞ！」

「んで、エイセイ、おまえはどうしたい？」

無視された。

「俺も特に反論はない。大多数が賛成したんだから、結果が出ていると思ったから手を挙げなかった」

「そこはみんなで『おー！』って言って盛り上がろうぜ！」

「馬鹿らしい」

エイセイの冷静な声で盛り上がりは却下された。イザドラに関しては、誰も意見を問わず、本人もまったく興味がないようで、「話終わった？」と言うだけだった。

「よし。じゃあ、明日にはここを撤収する。アバルに出発だ」

ガガリが号令を掛け、明日の出立《しゅったつ》が決定し、そこからは焚火を囲んだ宴会となった。


宴会が終わったあとは、交代で見張り番をしながら、それぞれが思い思いの場所で寝ていた。

リュエルも自分の仕事を終え、馬車の近くで寝転がっていた。毛布を被《かぶ》り、眠りに就こうとしていたら、並べられた馬車の後ろから、人の声がした。

ガガリとエイセイだ。

リュエルは起き上がり、馬車とは反対方向に歩いて行き、誰もいない場所で一人、ナイフ捌《さば》きの鍛錬をすることにした。

いつもエイセイに注意されていることを念頭に置きながら、ナイフを振るう。ホルダーから素早くナイフを取り出す練習をしたり、左手でも使えるように持ち替えて切る動作を繰り返す。そうやって一心に身体《からだ》を動かしながら、さっきのエイセイとガガリのことを頭から追い出した
あの場に留《とど》まっていたら、耳の良いリュエルには、彼らの会話が聞《と》こえてしまう。盗み聞きをするつもりがなくても聞こえてしまうのが気まずいから、抜け出してきたのだ。

何を話しているのか知りたい気持ちもあったが、してはいけないことだと自分を制した。

リュエルだって自分の秘密を勝手に知られたくないと思うからだ。

明日にはここを出立して、アバル王国を目指す。

その国に、エイセイが求める「神宿る石」の一つがあるのだ。

ガガリとエイセイは、きっとそのことで話をしているのだろう。

「動きに無駄が多いぞ」

背後から聞こえた声に、リュエルは動きを止めた。振り返ると、エイセイが腕組みをしながらリュエルを見つめている。

「続けろ」

エイセイの声に素直に従い、リュエルは再びナイフを握る。

ガガリとの話は終わったのか、何か決まったのか、いろいろと気になることはあったが、邪念を振り払い、一心に身体を動かした。

「隙がある。左後方から突かれたら回避できないぞ」

リュエルの動きを見て、エイセイが的確にリュエルの死角を指摘する。

しばらく動きの弱点に気をつけながら稽古を続けていると、エイセイが自分の剣を持ち、リュエルに向かって構えてきた。暗黙の了解で、模擬戦が始まる。

素早さを活かして《い》エイセイの懐に飛び込めば、最小の動きで距離を置かれた。振り下ろせば撥《は》ね上げられ、横薙《よこな》ぎに振るえば叩《たた》き落とされる。

何度も止《とど》めを寸止めで決められながら、挑戦を繰り返す。エイセイの動きにはまったく無駄がなく、舞いのように美しかった。

どれぐらいの時間対峙《たいじ》しているのか。時間の感覚が分からなくなるくらいの長い間、二人で剣とナイフを振るっていた。

身体は疲れているのに、気力はまったく萎《な》えない。何度も打ち合っているうちに、エイセイが次にどう動くのかが予測できるようになった。それを見越してリュエルが先制すれば、エイセイは予測の更に先に回りリュエルを受け止めた。一太刀でも入れられたらと思うのに、エイセイはそれを許してくれない。

息が上がり、腕が重くなる。だけど止《や》めたくないと思った。だって凄《すご》く楽しい。

盗賊を撃退したとき、自分はどんな動きをしたんだろう。意識をなくしながら、それでも父に教わった剣技を忠実に振るっていたのではないだろうか。あのときの動きを思い出したい。思い出して、その通りに動けたら、もっと強くなれるかもしれない。

エイセイは子どもの遊び相手をするように、軽くリュエルをいなしている。だけど決して遊んでいないことを、刃《やいば》を合わせた自分は分かっていた。エイセイの思考が分かるような気がするのは、いつも一緒にいるからか、それとも自分が分かりたいと思っているからなのか。

不意に目の前に何かが飛んできて、反射的にそれを受け取った。

「飲め」

柔らかい感触のそれは、エイセイがいつも腰に付けている水袋だった。息を切らしながら、受け取った水袋を口元へ持っていき、喉を潤す。相当喉が渇いていたらしく、もの凄く美味《おい》しく感じた。

エイセイはいつも、リュエルが欲する前に、こうして水を与えてくれる。そして与えられたあとに、自分が渇望していたことに気づかされるのだ。

エイセイの水袋はいつもパンパンに膨らんでいて、いつ補充しているんだろうと不思議に思う。いつかガガリが「うちには水の神様がついている」と言っていた言葉を、なんとなく思い出した。

「こんな夜中に鍛錬か。粋狂なことだな。馬鹿なのではないか?」

「自分だって本気で相手をしてたくせによく言うよ」

「何かあったのか?」

「え?」

遠慮なく水を飲みながら悪態に悪態で返したリュエルに、エイセイが急に声音《こわね》を変え、そんなことを言った。

「寝られなかったんだろう?　何があった」

エイセイとガガリの会話を聞かないようにするために、あの場から離れただけだったのだが、エイセイはそんなリュエルの行動に、不審を抱いたみたいだ。

「何もないよ。ちょっと身体を動かしたくなっただけ」

「……まあ、無理に話さなくてもいいが」

自分を心配してくれているようなエイセイを見て、不意に言いたくなった。

父のこと、母との別れのこと、今も胸にしまってある、約束の宝石のこと。

ずっと一人で抱えていた秘密を打ち明けたら、ここにある重石《おもし》は、少しは軽くなるだろうか。

ナイフを握ったまま、胸に手を当てて、リュエルはそんなことを考えた。

「さてはおまえ、エイセイじゃないな？」

だけど言えない。言ってしまったら、エイセイにも話してもらいたいと望んでしまいそうだからだ。

自分が打ち明けたんだから、エイセイにも打ち明けてほしいと、そんな交換条件を出すようなことはしたくない。

「本物のエイセイは、そんな気遣いなんかしないぞ」

だってそんなことをすれば、きっとエイセイは困るだろうから。


「おい、リュエル、おまえ剣舞は舞えるか？」

「え？　なにそれ？　呪文か？　ケンブワマエルカ？」

「話にならん！　エイセイ、なんとかしろ」

「なんともならんな」

アバル王国に入って五日目のことだ。

特に問題もなくダンフェールが狙うアバル王国に入ったガガリキャラバン隊は、通常の行商を行いながら、引き続き情報収集に励んでいた。

「剣舞ってのはな、剣を持って踊るやつだ」

「ふうん」

「それをリュエル、おまえがやるんだ」

大陸を渡り歩くキャラバン隊がもたらす情報は、千金の価値があるほど重要なものだ。近いうちに戦が起こりそうだとガガリが進言すれば、商人たちなどはすぐさま対策を立てるぐらいには信用されている。

だけどいくら市井《しせい》で騒いでも、頂点にその話が届かなければ意味はない。

そこでガガリは、持てる知恵と力を駆使して、国王に謁見できる機会を作ろうと奔走し、とうとう取っ掛かりを摑《つか》んだ。

王宮で開かれる宴会には、楽団や舞踏団が接待のための余興として呼ばれる。その余興集団の一つに入り込むことに成功したのだ。

「イザドラじゃ駄目なのかよ。おれなんかよりよっぽど踊れるだろ」

「イザドラでも悪くはねえが、最善じゃねえ。アバルの王は珍しいものが好きだという話だからな。で、おまえの種族はほとんど目にすることのない希少種だ。宴席で剣舞を披露して、国王の関心を買い、交渉権を勝ち取ってこい」

「無理だよ！」

　王様なんて死ぬまで会うことなんかないだろうと思っているのに、その前でやったこともない舞いを披露し、その上交渉権を勝ち取れだなんて、とてもじゃないが荷が重すぎる。

「気に入られて付け込む隙を作ってくれさえすりゃいい。そのあとは任せておけ」

　とにかく国王に近づける機会がほしいガガリが無理強《じ》いをしてくる。

「おまえは身体能力が高いし、見目も良い。きっと国王の目に留まる」

「でも……踊りなんてやったことない」

「毎晩エイセイと稽古をしているだろ？」

「やってるのはナイフ使いで、踊りじゃない」

「なに、ナイフを剣に持ち替えて、動きをちょっと派手にして、音楽に合わせるだけでいい」

「だけって、簡単に言うなよ。めちゃくちゃ大変じゃないか」

「エイセイが付きっきりで稽古をつけてくれるから大丈夫だ。当日はエイセイも一緒に舞うから、上手く息を合わせろ」

「エイセイと……？」

「おまえならできるってよ。よかったな」

エイセイに視線を向けるが、眉間に皺《しわ》を寄せながら腕を組んでいる姿は、とてもそんなことを言ったとは思えない。

「筋がいいって褒めてたぞ」

「そうなのか？」

「ああ。そうじゃなけりゃ、俺だってこんなことを計画しねえよ」

ガガリの言葉とエイセイの態度のどちらを信じたらいいのか分からない。

疑り深く二人を見比べていたら、エイセイが溜《た》め息《いき》を吐《つ》いた。

「日がないからかなりの強行軍になるが、なんとか形にはなるだろう」

「……本当か？」

「嘘を言っても仕方がない」

「けど、筋がいいとか、おれ、エイセイに一回も言われたことがないんだけど」

いつも攻撃を軽くあしらわれて、ここが弱い、こっちが隙だらけだと、叱られてばかりいる。自分の知らないところでガガリにそんなふうに言ってくれるなら、本人に直接言ってほしかった。そしたらもっと稽古に身が入るのに。

恨みがましい視線を送るリュエルに、エイセイは不機嫌極まりないという顔で、「仕方がないだろう」と低い声を出した。

「褒めれば『偽者だ』と言われるからな」

「あ」

「親切な俺は俺じゃないんだろ？」

リュエルに偽者扱いされたことを、だいぶ根に持っているようだ。

「とにかく二人でやってみてくれ。時間がねえからすぐに取り掛かれ。期待してるぞ。リュエル、この国の未来はおまえにかかっている。死ぬ気で頼んだぞ」

「……責任重大だな」

「まあ気楽にやれや」

「どっちだよ！」

剣舞のお披露目は七日後。

そうして寝ると食べる以外は、ずっと踊り続けなければならないという日々が始まったのだった。


「ドサッと下りるな。見苦しいぞ。つま先から軽く下り、そのままの流れで腕を振れ」

エイセイの厳しい声が飛び、リュエルはもう一度同じ動きを繰り返す。

持っている剣は、実用のものより大振りで、飾りがたくさん付いていた。稽古と本番で道具を替えると馴染《なじ》むのが難儀だろうということで、初めから本番用の剣で舞っている。

国王の御前でのお披露目を明日に控え、特訓は大詰めを迎えていた。

昼も夜もエイセイに付きっきりで特訓され、食事のときには口頭で教えられ、寝ていても無意識に身体が動いてしまい、驚いて飛び上がるほど、とにかく剣舞しかやっていないという六日間だった。

「よし、ではもう一度最初から。次は俺も一緒に舞おう」

リュエルの動きを確認してから、今度は二人で合わせる。

息を整えて目を閉じたエイセイが、リュエルが舞い始めるのと同時に動き出した。

舞いを習い始めたばかりのリュエルには、エイセイに合わせることはできないので、エイセイが全面的に合わせてくれた。主導権はエイセイにあるのに、リュエルの動きに完璧に重ねてくるのが凄い。まるで背中にも目が付いているようだ。

初めの頃は、剣技と舞いというのが全然繋《つな》がらず、右手と右足が同時に出てしまうような有様だったが、エイセイが根気よく付き合ってくれたお蔭《かげ》で、なんとか形にはなってきた。リュエルの動きに「無様だ」「醜悪だな」「品性に欠ける」「盗人《ぬすっと》か？」と、一つ一つご丁寧に指摘をしてくれる鬼教師振りだ。

舞いではなく型だと思えという言葉がストンと腑《ふ》に落ちてからは、こわばりが取れ、それからは割合に自由に動けるようになった。

時々イザドラが冷やかしにきて、ついでのように助言をくれることもあった。ガガリなどは「派手に宙返りとか入れてみれば」などと言って、エイセイに追い出されていた。

エイセイの剣舞は、神に奉納するための舞いなのだそうだ。

抑えた動きに激情を内包するようなエイセイの舞いは、とても綺麗《きれい》だと思った。その動きを懸命になぞり、同じように踊ろうと思うのだが、上手くいかない。

所作の美しさは、同時に肉体の美しさだ。腕を振るう筋肉の動き、無駄をすべてそぎ落とした背中の形、一歩前に出るたびに盛り上がる腿《もも》の逞《たくま》しさ、そして激しい動きでも決して息を乱さない、静かな表情。それらのすべてが連動する様に、時々自分の踊りを忘れて見入ってしまいそうになる。

稽古の合間に汗を拭くため、片肌を脱いだのを盗み見た。人族とはこんなに美しい肉体を持っているのかと、羨《うらや》ましく思った。そんなエイセイは今、リュエルの隣で流麗に舞っている。

「だいぶ様になってきたな。あとは繰り返し鍛錬するしかあるまい」

そう言われ、何度も何度も舞い続ける。

風《き》を斬るように剣を振るい、手首を返してまた風を斬る。今振っているのは一般的な諸刃《もろは》の剣だが、エイセイの教える舞いの型は片刃の動きだった。あまり見ない剣さばきなのだが、リュエルはすぐに習得した。「流石に覚えが早いな」と、エイセイが少し驚いたような顔をしたのに得意になった。

明日の本番まで、とにかく時間の許す限り舞い続けようと、リュエルが一心に剣を振るっていると、不意に手首を摑まれた。

「なんだ？　どこか変なところがあったか？」

何処《どこ》が不味《まず》かったのかとエイセイを見上げると、持っていた剣を取り上げられた。掌《てのひら》に巻いてある包帯を解《ほど》かれ、傷の具合を確認される。

「痛みはどうだ？」

「うん。ちゃんと握れる。もらった傷薬、効くよ」

この六日間、ほとんど剣を握ったままのリュエルの手は、まめが潰れていた。剣を振れば誰でもそうなるから仕方がないのだが、稽古を始めた当初、力を入れすぎて、けっこう酷《ひど》いことになっていたのだ。

リュエルの手の状態に気づいたエイセイは、はっきりと眉を顰《ひそ》め、「馬鹿者」と罵《ののし》った。それからは、ガガリに頼んで効能の高い薬を手に入れてくれ、こうしてしょっちゅう傷の具合を見てくれるようになった。

いつものように、腰に下げた水袋からたっぷりと水を注ぎ、薬を塗り直してくれる。

「ここまでの域に達するとは思わなかった」

手に包帯を巻いてくれながら、エイセイが言った。

「型を覚えさせ、あとは俺がなんとか補うしかないと思っていた。時間が限られていたから、それで十分だと」

だけど、エイセイが予想していたよりもリュエルの上達はずっと早く、驚いたのだという。

「本当か？　おれ、頑張った？」

「ああ。この短期間でよくここまでやった。明日は堂々と王の前で舞え」

包帯が巻かれた手をポンと叩き、それから「偽者じゃないからな」と言って、エイセイが笑った。

ガガリの命令で、リュエルは身体の隅々まで洗い、髪の毛から尻尾《しっぽ》まで香油を塗ってツヤツヤにした。

用意された衣装は、袖幅の広い前合わせの上衣に、下は足首の部分を絞ったダボダボのズボンだった。襟と袖は細かい刺繍《ししゅう》が施された別布で、同じ模様の腰帯を巻く。

リュエルとエイセイは色違いの揃《そろ》いで、リュエルが赤、エイセイが青だった。いつも頭に布を巻いているエイセイは、今日も腰帯と同じ模様の布を頭に付けていた。

ガガリはお貴族様が着るようなズルズルした服を着ていた。イザドラもこの国での正装だというドレスに身を包んでいる。キャラバンの中で宮殿に向かうのはこの四人で、あとはガガリの知り合いの楽団が数人付いてきた。

宮殿への出入りの許可を記した書状を門兵に見せ、控えの間に通される。やがて声が掛かり、宴会が開かれている広間へと案内された。

扉が開くと、広い部屋に半円状に広がった人々が、絨毯《じゅうたん》の上に座り、宴《うたげ》を催していた。真ん中にいるのが国王だろう。肘掛けにゆったりと身体を預けた恰幅《かっぷく》のいい男が、数人の女性を侍《はべ》らせて酌を受けている。

宴会はだいぶ進んでいるようで、招待客たちも寛《くつろ》いだ顔をしていた。広間に入ってきたリュエルを見ると、おや、と目を見張る者と、眉を顰める者と、半々に分かれた反応を示した。

「キャラバン隊ガガリ、本日は王命を賜り、ひとときの余興を献上しに参りました」

いつもの粗野な態度は鳴りを潜め、堂々とした口上で、ガガリがリュエルとエイセイを紹介する。二人は半円の真ん中に進み出て、携帯した剣を抜いて向かい合った。

楽団が音楽を奏で、剣舞が始まる。

稽古と同様、リュエルが動くのと同時に、エイセイが流れるように舞い始める。

剣を合わせ、次の瞬間はじけ飛ぶようにお互いが離れる。剣を振るいながら高速で回り、二人同時にピタリと動きを止めた。

広間に入った瞬間は、心臓が飛び出そうなほど緊張した。だけど舞いが始まった途端、稽古に挑むときと同じ心持ちに戻っていた。動くたびに目の端にエイセイの姿が映る。背中合わせ、斜交《はすか》いと位置を変えながら、対《つい》になって神に捧《ささ》げる舞いを踊る。

半円の中央に座る国王が、身を乗り出している姿がチラリと見えた。不興は買っていない様子に安心した。

楽団の奏でる旋律が心地好《よ》かった。音楽に身を委《ゆだ》ねるように身体が自然と動いていく。跳躍のあとは気をつけないとべた足になってしまうのに、意識しないでも軽やかに舞い降りることができた。

不思議な高揚感がリュエルの身体を包んでいた。耳に入る音楽と一緒に、ザザン、ザザン……という音が響く。いつか聞いた懐かしい音に促され、リュエルは無心となって舞い続けた。

夢のような時間だった。ずっと舞っていたいような心地好さの中、剣舞は終了していた。

「……おお。なかなかよいものを観《み》せてもらった」

跪《ひざまず》いて挨拶をする二人に、国王が上機嫌で声を掛けた。

「特に赤い衣装の者、舞いもそうだが、見目も実に美しい。酌を許す。近《ちこ》う寄れ」

「恐れながら、この者は高位の方に対する作法を知りませぬゆえ、なにとぞお許しくださりますよう」

リュエルが返事をする前に、エイセイが口を開いた。

「なに、一献《いっこん》だけだ。多少の不敬は許すぞ。宴の席だからな」

そこまで言われれば、断るわけにはいかず、リュエルは戸惑いながら、王の側まで近寄り、酒を注《つ》いだ。じっくりと顔を覗《のぞ》かれ、「見んなよ」とも言えず、その場で固まるしかできな

かった。エイセイの言う通り、王様に対し、どんな態度を取ればいいのかまったく分からなくて困惑した。

「我が隊の余興、いかがでしたでしょうか」

ガガリとイザドラが王の前へ進み出た。

「なかなかよい余興であった。あとで褒美を取らせよう」

王はそう言って、次にはイザドラに目を留め、「ほう、そちらも美しい」と、好色そうな笑みを浮かべた。

リュエルを解放し、次にはイザドラに酌を所望する。イザドラは妖艶な笑みを浮かべ、堂堂と王の側へと付いた。

イザドラを残し、あとの三人は退出の許しを得る。控えの間に戻ると、ガガリはイザドラを待って戻るからと、リュエルたちに先に宿へ帰るように言った。

「俺はこれからもう一仕事あるからな。あとは任せておけ。おまえらよくやった。特にリュエル、企画した俺が言うのもなんだが、期待以上だった。度肝を抜かれたぜ」

国王の前でのあの口上は夢だったかと思うほど、いつも通りに戻ったガガリが、リュエルの背中を叩きながらそう言った。

「おまえがあそこまでできるとはな。こりゃあこの先が楽になる」

そう言ってニヤリと笑い、「ご苦労さん」と、リュエルたちを見送った。

王宮で剣舞を踊ってから数日は、リュエルはガガリによってアバル国内のあちこちに連れ回された。王族や貴族、大臣たちに招かれ、王宮で披露したのと同じ剣舞を、エイセイと共に舞うことになる。

王がリュエルの剣舞を気に入り、褒美《ほうび》まで取らせたことで、彼らはその価値を認めた。そしてガガリはその機を見逃さなかった。

毎日のようにあちこちのお屋敷に招かれ、衣装を身に纏《まと》い、有力者たちの前で舞い踊る。噂《うわさ》を聞きつけ、王宮の宴席に参加しなかった貴族や豪商にも招かれた。

昼はキャラバン隊の仕事をし、夜は屋敷巡りと、毎日が目の回るような忙しさだ。

「よっし、こっちでの仕事はほぼ完了した」

アバル王国での滞在が一月《ひとつき》近くになった頃、ガガリは仕事に区切りをつけ、次の目的地へ向け移動することを決断した。王との謁見は上手くいったようで、ついでに商売も新しい顧客ができたとホクホク顔だ。戦のほうはどうなったのか気になったが、ガガリは特に何も言わず、商売のほうの成功に気がいっているみたいだった。

ガガリの予想では、ダンフェールが攻めてくるまでには、あと二ヶ月ほど猶予があるとのことだったから、ガガリから情報を得たアバル王国は、今急いで策を練っているのかもしれない。いずれにしろ傭兵《ようへい》としてアバル王国に加担する気はないようだ。

アバル王国を出てからは、近隣諸国を回った。リュエルの剣舞の噂は近隣にも届いていたようで、そこでも頻繁に地域の有力者に呼ばれるようになった。

「なんだか仕事の内容が激変したな。ガガリ舞踏団にでも宗旨替えするか。おまえらの中で踊れるやつはいねえのか？　こっちのほうが儲かりそうだ」

陽気な声でガガリが言い、仲間内から「勘弁してくれ」と非難の声を浴びていた。

リュエルも彼らの意見に賛成だった。

剣舞自体に抵抗はないし、舞うたびに自分でも上達しているのが分かる。エイセイと共に舞うのは楽しくもあった。

だけど舞い終わったあと主賓に呼ばれ、接待をさせられるのがどうしても苦手だ。酌の強要もあるし、好色な誘いを受けることも多い。エイセイがピッタリとリュエルに付き添い、上手く躱《かわ》してくれるから助かっているのだ。多少の我慢は覚えても、笑顔であしらうなんて芸当は、リュエルにはとてもできなかった。

宴席に呼ばれ、招待客の前に姿を現すとき、獣人であるリュエルを見て、あからさまな忌避感を示す者は多い。そして舞いを披露したあと、その表情が劇的に変わる。一瞬胸のすく思いを味わえるが、同時に、すぐに掌を返す軽薄さに嫌悪が増した。

人族の父を持ちながら、人族に憎悪に近い感情を持つのは、母を失ってから経験した人族のリュエルに対する仕打ちがあるからだ。人族が獣人を蔑《さげす》んでいるのを、嫌と言うほど思い知った。

だけどガガリに拾われ、このキャラバン隊の一員になれたことで、そんな人族に対する考え方が変わった。父だけが特別じゃなかった。差別をしない者もいるのだと教えられた。だから幻滅したくなかった。やっぱり人族は最低だと、そんなふうに思いたくない。

仕事だと割り切って我慢をしているが、宴席に出向けば出向くほど、心が削られていくような気がした。

エイセイはリュエルのそんな気持ちを察していると思う。下世話な誘いにはさりげなく庇《かば》ってくれるし、宴席へ向かうリュエルの表情を窺《うかが》う素振りも見せる。

だけどそれ以上は何もせず、何も言わない。エイセイだって、本来の仕事とはまったく違うことをやらされているのに、淡々と、黙々と、剣舞を披露するのだ。

普段はガガリに対して遠慮のない態度を貫くエイセイなのに、このことに関しては一切口を出さないことが不満だった。

今日もお貴族様の屋敷に招かれ、剣舞を披露させられた。

今夜の主賓はしつこくて、肩に回された手に噛《か》みつきそうになった。すんでのところでエイセイが引っ張り出してくれたから助かったのだが、嫌な気分が消えなかった。

「……こういうの、いつまで続くのかな」

宿に戻る途中、リュエルはとうとう不満を口にしてしまった。

「やるしかないだろう。仕事だ」

リュエルの愚痴は、切って捨てられた。

「……うん」

何も言えなくなり、リュエルは黙って宿までの道をトボトボと歩く。

「ガガリにも考えがあるんだ。もうしばらくは我慢しろ」

「どんな考えがあるんだ？」

「知らない」

こういうとき、言葉が短いのは本当に困る。リュエルだって饒舌《じょうぜつ》なわけではないから人のことは言えないが、エイセイの言葉は端的すぎて、時々その一言がグサリと刺さり、致命傷を負ってしまう。

切って捨てて、突き放されたような気分になり、リュエルはますます落ち込んだ。

「そんな耳をするな」

知らずに耳が畳まれていたようで、それを見たエイセイがそう言って、だけど耳を触ってはくれなかった。

いつか尻尾を握られて以来、エイセイはリュエルの毛皮に触れなくなった。警戒しているんだろう。リュエルがおかしくなってしまうことを。

身体を触られるのは迷惑だが、いっさいなくなると……ちょっと寂しい。

剣舞の稽古でできた掌のまめはすっかり治ってしまった。もう傷の手当てもしてもらえない。

撫でてほしいなんて、もちろん言えるはずもなく、リュエルは畳まれてしまった耳を自分で撫でながら、宿への道を歩いていた。


「じゃあ戻ろう。撤収！」

ガガリの唐突な宣言に、リュエルと共に、他の連中も唖然《あぜん》とした。

アバル王国を出て、あちこち忙しく飛び回り、この一月余りの間に、五カ国以上を回っていた。ときには一旦出た国にまた舞い戻るということもあり、今は何処の国にいるのか分からなくなってしまうくらい、めまぐるしく移動を繰り返していた。

それがいきなりの全面撤収。先へ進むのではなく、西方向、つまりはリュエルが売られていた町へ戻るというのだ。

「なるべく急いで戻るぞ。物資の補給があるから、ちょこちょこ寄らねえといけねえが、最短最速で——逃げる！」

「え！　逃げるのか？　何から？」

商売でも情報収集でもなく、ガガリははっきりと逃げると言った。

「何したんだよ?」

逃げるというからには追われるということだ。忙しく宴席を渡り歩きながら、ガガリは何をやらかしたんだろう。

「戦が始まるんだよ。だから巻き込まれる前に逃げるんだ」

リュエルの疑問に、ガガリはいつものニヤけた表情を作り、そう言った。

茫然《ぼうぜん》としているリュエルの周りでは、他の仲間たちがすぐさま行動を始めていた。積み荷を確認し、何処で補給を行うのかを相談し、馬の耐久距離を計算している。

「リュエル、今までご苦労だったな。もう宴席での接待は終わりだ」

周りが動き始めたことにアワアワし、自分も急いで手伝いに走ろうとしたところで、ガガリに呼び止められた。

「エイセイにちゃんと説明してやれとドヤされたよ。何も知らされずに振り回されたらたまらないだろうってな」

リュエルが愚痴を零《こぼ》したときは、何も言わずに突き放したエイセイは、そのあとガガリのもとへ行き、叱りつけたそうだ。

「俺が喋《しゃべ》んねえうちは迂闊《うかつ》に話せないからってさ」

キャラバン隊の隊長であるガガリの命令は絶対だ。そこにはガガリに対する揺るぎない信頼があるから、隊員は素直に行動できるのだ。ガガリの明け透けな性質も分かっているから、文句があればはっきりと言うし、それで信頼関係が揺らぐことはない。

だけどリュエルは仲間になってからの期間が半年にも満たない。不満があっても口に出せず、隊長の考えが分からなければ不安にもなる。

「隊長なんだから、自分に丸投げしないできっちりしろって言われちまった」

そうだよな、まだ十六だったんだもんなと、リュエルの頭をワシャワシャと掻《か》き回しながら、謝ってきた。

「ちゃんと説明するとな、この戦に勝ってもらうために、いろいろ根回ししていた」

アバル王をはじめ、国の首脳陣と繋がりを持ったガガリは、彼らにダンフェールの思惑を伝えることに成功していた。そしてそれだけでは終わらず、近隣諸国にも働きかけ、ダンフエールに対抗するための連合国軍を集結させるよう画策していたのだ。

「アバル王国は大国だが、相手はダンフェールだ。このままじゃあきついと思ってな。ちょっとした手助けをしていた。やっぱりあの国にはなくなってほしくないからよ」

勝利を確実にするために、リュエルたちを連れて宴席を渡り歩きながら、アバル王国と近隣諸国との橋渡しの役目を果たし、水面下で物資の調達にも協力し、いろいろと暗躍していたらしい。

「そのためには、とにかく各国のお偉いさんに会う機会を作んねえといけねえだろ。そのきっかけを作るのに、リュエル、おまえを使うのが一番いい手だったんだよ。ちょうどよく評判が立ったことだし」

　ガガリキャラバンが誇るのは、交渉も荒事もちょっとした色事もこなせる人材の豊富さだ。その中で、最近変わり種の仲間が増え、それを使ってみようと思いついた。そしてそれが大成功を収め、勢いづいてしまったのだという。

「はじめはアバル王国に情報を流すだけの予定だったんだ。しかしおまえのお蔭で、考えていたより、ずっとことが上手く運んだからな、欲が出ちまった」

　リュエルの役割は重要で、だけどそれを本人に言ってしまうと責任を感じて、ガチガチに硬くなってしまうと思い、最初は目的を話さないままやらせたらしい。そしてトントン拍子に事が進んでいくうちに夢中になり、説明するのを忘れてしまったようだ。

「なんだよそれ」

「聞かれりゃ答えたんだよ。んで、誰かが……というか、エイセイがちゃんと言ってくれてんだろうなって、勝手に思ってた。そしたら、戦が絡んでんだから、迂闊なことは言えないだろうがって、あっちも気をきかせて黙っていたんだと。なんだよそれ、だよなあ！　ちゃんと言えよって思うだろ？」

　ガガリがヘラヘラ笑いながら言い訳をする。リュエルへの説明を忘れた上に、エイセイへの申し送りの手間も省いていたため、結局ちゃんとした話が伝わらず、リュエルは一人悶々《もんもん》と不満をため込む結果になってしまっていたらしい。

「そうだったのか。……なんだよ。ちゃんと言えよ」

ガガリの思惑を理解していたら、リュエルだってもっとちゃんと頑張ったのだ。

「ああ、悪かった。でも、上手くいったんだからいいだろ?」

相変わらず飄々《ひょうひょう》とした態度で、謝りながらもたいして悪いと思っていないようなのが癪《しゃく》に障る。

「さて、話は済んだことだし、ちゃっちゃと逃げ帰ろう」

ニッと笑ったガガリが、軽やかな足どりで自ら撤収作業に入っていった。

あと半月ほどでアバル王国連合軍は、ダンフェールに宣戦布告をするらしい。ガガリキャラバンは、戦に無関係だということを貫くために、急いでこの地を離れなければならない。

「西に向かいながら戦の先触れを出していくぞ」

戦が始まれば物価が動く。そんな中で美味しいところだけ摘《つ》まんだら、火の粉が降りかからないうちに、さっさと逃げるのだと言った。

目論見《もくろみ》通りにアバル王国が勝利を収めれば、王国及び周辺に、ガガリキャラバンは多大な恩を売ったことになる。もし負けたら負けたで、これから行く先々で、軍需景気の恩恵に与《あずか》れる。何も起こっていない今、最も有益な情報を持っているのは自分たちだけだ。

馬車に馬を繋げているドゥーリのもとへ駆け寄っていくガガリをしばらく茫然と眺めていたが、リュエルはハッと我に返り、自分も動かなくてはと動き出した。

昨夜焚火をしていた残骸を綺麗にならし、次に使えそうな薪《たきぎ》を纏めて運ぼうとしたら、腕がスッと伸びてきた。

「寄越《よこ》せ。俺が運ぶ」

「エイセイ」

「残りも纏めておけ。これからは宿に泊まることはなくなるだろうからな」

リュエルから薪の束を受け取ろうと手を差し出したエイセイに、それを渡す。

「ガガリに謝られた。エイセイにドヤされたって」

「ああ。まさか言うのを忘れていたとは思わなかった」

あの野郎……と言いながら、馬車に荷物を運び入れているガガリの背中を睨《にら》んでいる。

「あいつはもともと言葉が足りないからな」

「エイセイと一緒だ」

ジロリと睨まれる。

「先に言ってくれてたら、おれ、もっと頑張ったのに」

「あれ以上は頑張らなくてもいいだろう。上手くいったんだから」

「でも、知ってたら、もっと情報渡せたし、あっちからも情報取れただろ?」

ガガリの目的を知らず、ただ余興をさせられているとばかり思っていたから、呼ばれても、話し掛けられても無視していた。

「そういうのはガガリやイザドラの役目だから、おまえがやる必要はない」

エイセイはそう言うが、もっと協力できたと今更ながらに思うのだ。ただただ嫌悪感に苛《さいな》まれ、思い起こしてみれば、相手に対して随分失礼な態度を取っていた。それで不興を買い、協力を得られなくなる恐れもあったのだから。

「誰もおまえに愛想なんか期待してない」

「なんだよ。できるよ！」

ムキになってリュエルが言えば、「へえ」と馬鹿にしたようにエイセイが片頬を上げた。

「誰にも媚《こ》びないから売れ残ってたんじゃないのか？」

「う……、やればできる。おれだって」

「無理にやらなくてもいいと思ったから、ガガリは何も言わなかったんだろう」

「でも……！」

反論しようとするリュエルの言葉を遮って、エイセイが「早く纏めろ」と、残りの薪を顎で示した。

モタモタするなと、温度の低い声で言われ、渋々作業に戻ると、「……やりすぎだったくらいだ」と、ボソリと呟《つぶや》くのを聞き返したら、「うるさい」と言われてしまった。

「なんだよ。え？　って聞いただけだろ？」

「それがうるさい」

「じゃあ、声出すなってことか？」

「そうだ」

「横暴すぎるだろ！」

「うるさい」

「うるさくない！」

「うるさいだろうが！」

「おまえがな！」

「おーい。置いてくぞ」

薪の束を運びながら罵り合っている二人を、馬車に乗り込んだガガリが、笑いながら呼んだ。


西へ向かってひた走るリュエルたちを追いかけるように、戦の噂が入ってくる。

アバル王国がダンフェールに突然宣戦布告をしたという話を聞いた人々は、アバルの国王が乱心したのかと、お互いの顔を見合わせていた。二つの国は距離的にも離れており、諍《いさか》いがあったという噂も聞かず、争う理由がないように見えたからだ。

リュエルたちは行商をしながら、ダンフェールが長年に亘《わた》ってアバル王国に攻め入る準備を進めていたことを、それとなく流していった。難癖に近い要請を繰り返し、それを大義名分にして、国を奪うつもりだったらしい。ダンフェールの動きを察知したアバル側が、近隣諸国と連合し、先手を打ったのだと、行く先々で喧伝《けんでん》した。

東からやってきたリュエルたちの情報を、人々はこぞって知りたがった。戦がこの地へ及ぶことを恐れ、逃げるための準備を始める者や、買い占めに走る者、またはこの機会を逃すまいと、馬車に荷物を詰め込み戦場へと向かう者など、それぞれがいろいろな思惑のもとで行動していた。

ガガリは人々が欲するものを鋭く見極め、その時々で商品や情報を提供し、リュエルたちも彼の号令に従い奔走した。

リュエルが奴隷として売られていた西の町からアバル王国までは、四ヶ月ほど掛かって辿《たど》り着いたのだが、戻りの時間はその三分の一にも満たなかった。

撤収の声を聞いてから一月が経《た》とうとする頃、リュエルたちは砂漠の村にいた。

オアシスの町エーレンからラクダで一日半を掛けて行く、連座で行き場を失《な》くした人々が細々と暮らしている村だ。

そこは、大陸で今起こっている戦のことなど何も聞こえてこず、相変わらず厳しい生活が続いていた。

以前ここを訪れたときと同じように、リュエルたちは井戸を掘り、畑を耕し、壊れた家の補強をした。この四ヶ月の間にも雨は時々降っていたらしく、以前とは違う場所に泉ができていた。井戸の深さは増していたが、まだ水が湧く気配はない。

「ここからは水が出ないんじゃないか？」

深い穴を覗いているエイセイに、村人の一人が言った。

「別の場所を掘るか、……それともこんなところじゃ、何処を掘っても水なんか出やしないんじゃないだろうか」

諦め気味な顔をする村の人に、エイセイは「出る」と、短く返した。

「水脈が通っているはずなんだとよ。きっと水は出る。なあ、だからもう少し頑張ろうぜ」

エイセイの言葉を引き取って、ガガリが明るい声で村人を励ました。

その晩、リュエルは畑の隅でナイフの鍛錬をしていた。

月は明るく、ナイフを振るう自分の影が地面に映っている。砂漠の夜の冷たい風が、汗ばむリュエルの身体を冷やしてくれる。

剣舞はこの一月の間、一度も舞っていなかった。ガガリが宣言した通り、あれから宴席に呼ばれることはなくなり、行商の仕事の手伝いだけをし、あとはひたすら西に向かって馬車を走らせ、ここまでやってきた。

「冷えるぞ」

一心にナイフを振るっている後ろから声がした。腕を組んだエイセイが、リュエルの動きを見守っている。相変わらず気配のしない男だ。

「平気だよ。獣人だから」

不意に水袋を投げてよこされ、とっさに受け取る。いつものようにたっぷり入った水を、ありがたく飲ませてもらった。

「戦、どうなっただろうな」

エイセイの横に立ち、水袋を返す。

「勝つだろう。ガガリが関わったんだから」

確信を持ったエイセイの声に、リュエルも頷《うなず》いた。

「傭兵で戦に参加するのかと思った。うちの連中、強いだろ？」

「戦いたかったのか？」

エイセイの問いに、首を傾《かし》げる。

「どうだろう。面倒はごめんだな。……でも、ちょっと自分の力を試してみたかったかも」

毎日エイセイに見てもらい、昔よりだいぶ強くなった気がする。

リュエルの言葉に、エイセイがフッと笑った。

「……笑ったな。けっこう活躍できると思うぞ。今度こそ長剣で」

リュエルはナイフをしまい、代わりに畑の隅に挿してある棒を引っこ抜き、長剣の構えをとってみた。剣舞を習ったお蔭で、自分でも様になっていると思う。

「剣舞と実戦は違うぞ」

「基本の動きは変わらないだろ」

「あの剣さばきは、普通の長剣では使えない」

「知ってるよ」

舞いのときと同じように刀を返し、切り上げ、払ってみせる。

手首の返しは片刃のものだ。突くより叩くより、斬ることに特化した剣さばき。それは、リュエルの父が教えてくれた剣技と同じだ。

エイセイに教わった剣舞とは動きがだいぶ違ったが、この片刃の扱いは同じなので、すぐに扱うことができたのだ。

「おれの親父《おやじ》の剣、片刃だったからな。こうやって手首を返すんだ」

父に教わった剣技をエイセイに披露する。諸刃の剣とは違う斬るための技。幼い頃から染みついた、父の形見だ。

「その型……。おまえの父親の剣だと？」

棒を振って技を繰り出すリュエルの動きを見ていたエイセイが、僅《わず》かに目を見開く。

「うん。凄く綺麗な剣なんだぞ。銀色に光ってて、刃に沿って不思議な模様があったんだ。ハモンっていうやつ。親父は凄く大切にしてた。手入れも自分で分解して……」

突然、ガシッと強い力で肩を摑まれ、リュエルは顔を上げた。エイセイが恐ろしく真剣な顔で、リュエルを見下ろしている。

「おまえの父親が持っていただと？　何処から手に入れた」

強い口調で問いただされ、リュエルはその剣幕に驚く。何処からと言われても、よく分からない。リュエルが生まれる前から父が持っていた剣で、どうやって入手したかなんていう話は聞いていない。

「知らない」

「それは今何処にある？」

「それも知らない。……盗賊に奪われたから」

リュエルの返事に、エイセイが落胆したように大きな溜め息を吐いた。リュエルの肩を掴んでいた手が離れ、そのまま自分の額に持っていく。

「なあ、どうしたんだ？」

「その剣、……いや、『カタナ』は、もしかしたら俺の故郷のものかもしれない」

ドクン、と心臓が大きく跳ねた。

「今から二十年ほど前、俺たちは故郷からある事情により、この大陸にやってきた。いくつかの集団に分かれて、散り散りになって逃げてきたのだ」

額に置いた手で、頭に巻いてある布をギュッと握っている。

「広い大陸だからな。俺はずっとその仲間を探していた。見つけるための手掛かりはいくつかある。その中の一つが、刀という、俺の故郷独特の武器だ」

「おれの親父が持ってたのがそうなのか？」

「分からない。手元にないのであれば、確かめようがないからな。……もしかしたら、おまえの父親にそれを渡した者が、探している人だったのかもしれない」

顔を上げたエイセイが、「何か聞いていることはないか？」と言った。

「誰から受け取ったとか、何処で会ったとか、それとも売られていたとか。なんでもいい。覚えていることはないだろうか」

縋《すが》るような目で見つめられ、懸命に記憶を辿ってみるが、手掛かりになるようなことは何も思い出せなかった。宝石のことも、探し人のことも、家族にも何も話さなかった父親だ。

「何も聞いてない」

リュエルが首を横に振ると、エイセイは「そうか」と言って、視線を落とした。

「おれの父親も、……人を探してたんだ」

もしかしたらと思う。

父が探していた人とは、エイセイなのではないか。死の間際まで会うことを望んでいた人は、今目の前にいる者なのではないか。

「五年前に死んだんだけど、それまでずっと、大陸じゅうを探して歩いてたんだ」

俯《うつむ》けていた顔を僅かに上げ、エイセイがリュエルを見た。

「親父の探していた人って、エイセイじゃないかな。それで、エイセイの探してた人も……」

「いや、それはない。俺の探している人物は、俺と同じ人族だ」

「なあ、エイセイ」

水を飲んだばかりなのに、口の中が乾く。

「おれの親父って、……人族なんだ」

エイセイの目が、大きく見開かれた。

人族と獣人が一緒になったという話は、大陸では聞かない。まして、その二人の間に子が生まれたなんてことは、あり得ないことなのだ。

だけどリュエルはここにいる。猫族の母と、人族の父の間に生まれた子が、自分だ。

「おれ、もう一つ名前があるんだ」

胸に手を当て、強く握った。

「おれの名は、リュエル・シン。父親はブライ・シン。……人族だ」

この大陸では、人族の中でも姓を持つ者は少ない。王族や貴族などの、位の高い者しか持っていないものだ。まして、獣人で姓を持つ者などいなかった。だからこの名を名乗ったことは、リュエルは一度もないのだ。

「……シンだと？　リュエル、おまえはシンの息子だというのか……？」

エイセイは驚愕《きょうがく》の表情を浮かべたまま、リュエルを見つめていた。

神国アズムル。大陸の遥《はる》か東の海に浮かぶ小さな島。それがエイセイの故郷だといった。神を崇《あが》め、神と共に生きるアズムルは、六つの宝玉の力により、国が成り立っていたのだという。

「五穀豊穣の宝の石。水、風、土、火、そして太陽と月の六つの石を用い、土地や人々の生活を支えるのが神王の役割だった。俺の名はエイセイ・アズマ。王の三番目の息子として生まれた。そしてブライ・シン、……おまえの父親は、長兄の家臣だ」

エイセイはいずれ王を継承する長兄を助ける者として育てられた。兄弟はその三人きりだったが、仲が良く、国は安定していた。

海に囲まれた小さな島国は、独特の文化を営みながら、そこだけで完結していた。争いもなく、強大な力も望んでいなかった。宝玉の存在は秘匿され、王族と、僅かな側近のみが、その力を知るだけだった。奇跡をもたらす神からの贈り物は、外に知られれば争いの種になることが分かっていたからだ。

「海の向こうにある国とは、僅かな国交はあったが、たまに訪れる客人をもてなす程度の付き合いに留めていた。自然の恵みの豊かなアズムルでは、多くを必要としなかったからな」

けれど、客人側はそうではなかった。アズムルの豊かな資源に目を付け、国ごと手に入れようと襲ってきたのだ。

「あるとき軍艦と称する巨大な船が幾隻もやってきた。そのまま我が国土を蹂躙《じゅうりん》したのだ。俺が四歳のときだ。二十年前になる」

黒い鉄の船が迫ってくる光景を震えながら眺めていたと、エイセイが遠い目をして言った。

「イルヌールに逃げてから分かったことだが、敵は一国だけではなかった。少なくとも三国以上が連合していた。宝玉がアバルとダンフェールに集中していることを見れば、恐らくあの二国が中心になったのだろう」

突然の大軍の襲撃に、もちろん、アズムル側も対抗した。

「だが、一対一の勝負には長《た》けていても、集団で押し寄せてくる兵力には、まったく敵《かな》わなかった。……王の甘さだったのだと、今なら思う。海に囲まれていたために、外敵に対する備えをまるでしていなかったのだから」

父親である神王は、すぐに捕らえられ、殺されてしまったという。エイセイたち兄弟は散り散りに逃げた。

「俺は僅かな従者と共に小さな船に乗せられた。本当は、アズムルの北側にある土地に逃げ、そこでしばらく潜伏する予定だったのだが、敵は既に包囲網を敷いていた。それで、外海に出て、大陸を目指すことになった」

波に揉《も》まれ、遭難の危機を乗り越えて、なんとか辿り着いたのが、イルヌール大陸だった。

自分と同じようにしてここまで逃げ延びた仲間を探すために、エイセイは家臣と共に大陸を渡り歩いた。自分たちが生きて辿り着けたのだ。きっと同じように逃げ延びた者がいるに違いない。

身分を隠し、僅かに持ち出した装飾品などを売り捌きながら、アズムルの情報を求めて彷徨《さまよ》った。散り散りになった兄弟や親族、家臣たちと合流し、いずれ故郷に戻ることを願いながら、ひたすら探し続けた。

「兄たちがどうなったのか、今でも消息は不明だ。分かっているのは、俺の故郷はもう、神の国ではなくなったということだ」

他国に荒らされた小さな島国はそのまま占領され、以前の姿を失ったのだと、旅を続けているうちに、風の噂で聞いた。

「宝玉が持ち去られたのだと、そのときに知った。神の力の宿る石を失った国土は、蹂躙し尽くされた土地を、蘇《よみがえ》らせることができなかったんだろう」

イルヌール大陸は広く、仲間の誰にも会えないまま数年が過ぎた。故郷に戻る術《すべ》を失ったまま、やがて一緒に逃げてきた家臣たちが、一人、二人と死んでいった。砂漠の広がる乾燥した大地は、アズムルで暮らしてきた者には、耐えがたいほどの過酷さだった。

「十年近く経ち、俺が十五になる前に、全員いなくなった。ガガリと出会ったのは、それから一年ほど経った頃だったか」

その頃のガガリは、馬車を一台持つだけの、行商を始めたばかりの若者だった。仕事仲間はガガリを入れて四人、その中にエイセイは迎えられたのだ。

「俺には特技があったからな。大陸を渡り歩くのに、重宝すると思ったんだろう」

出会ったときからふざけたやつだったと、これまでのことを語っていたエイセイの表情が、初めて少し和らいだ。

「行商の仕事は、俺にとってもありがたかった。大陸じゅうを渡り歩けるし、あいつの情報収集の能力は、あの頃から凄かったからな」

そうしてガガリと旅を続けて九年。自分と同じような素性の知れない仲間がどんどん増え、馬車の数も増した。だが、未《いま》だに兄弟の消息は分からない。

「そうか。おまえの父親がシンなのか。シンは一人だったか？　他に誰も連れていなかったのか？」

微《かす》かな望みを持って、エイセイがリュエルに問う。

「……うん。村にいた人族は、親父だけだった」

「そうか」

エイセイはそう言って目を細めた。笑おうとして失敗したような、そんな顔をして「そうか」と、もう一度言った。自分を納得させるように。

「兄はもう、……この世にいないのだな」

家臣が主《あるじ》と離れることはない。リュエルの父親が一人でいたということは、主はすでにいなくなったということを示している。

「でも、分かんないじゃないか。途中ではぐれたとか、なんか事情があって一人だったのかもしれないじゃないか。親父もずっと人を探してた。きっと、エイセイの兄さんを探してたんだよ」

項垂《うなだ》れるエイセイの腕を摑み、揺らしながら、リュエルは訴えた。

「きっと生きてるよ。もう一人の兄さんだって何処かにいる」

「いや」

「そうだって！　エイセイだってこうやって生きてるんだから」

「それはない」

キッパリとした声で、エイセイが言った。

「そんなの分かんないだろ」

「分かるんだよ。俺たちは『神宿る石』を持っている。生きているなら、必ずその石を身に着けているはずなんだ」

エイセイがリュエルを見つめる。

「宝玉は六つあった。そのうちの五つの在処《ありか》は分かっている。一つはアバル王国、三つはダンフェール、そしてもう一つは、俺が持っている。石が他の者の手に渡ったということは、持ち主がもう……この世にいないという証《あかし》なんだ」

そう言って、エイセイが額に手を持っていった。いつも頭に被せてある布を、ゆっくりとした動作で解いていく。

出会ったときからずっと額を隠すように巻かれていた布が取り払われる。

現れたのは、青い石だ。

「アズムルの豊穣の宝、神から賜った石は、王と王の親族のみに受け継がれ、その力を宿すものなのだ」

エイセイの額には、小指の爪ほどの宝石が埋め込まれ、月の光を反射して、仄青《ほのあお》い輝きを発していた。


太陽と月は夫婦神。その宝玉はアズムルの国王と妃《きさき》が持つこととなっている。他の四つは国王の子やその親族が受け継ぐのが慣わしだった。

「王の子は、三歳になると、このようにして石を額に埋め込むのだ。神が選び、神が授ける。俺は水の宝玉を賜った」

「神宿る石」の継承は、アズムルで連綿と受け継がれ、そうやって自然豊かな国を保ってきた。

「宿った石は生きているあいだ、ずっとここに在り続ける。外れるのは、石を賜った子が王になったときか、或《ある》いは、命が潰《つい》えたときのみだ」

青く光る宝石をそっと指で撫でながら、エイセイが「神宿る石」について教えてくれる。

「六つのうちの五つの在処が分かっている。だから兄が二人とも生きていることはあり得ないんだ。残るはあと一つの行方。今はそれが唯一の……縁だ」

心臓が絞られたように痛み、息が苦しくなった。

「エイセイ、どうしよう……」

縁だと言った。見つかっていない最後の石を持つ者が、生きていることをエイセイは願っている。

だけどその唯一の石を、リュエルが持っているのだ。

「エイセイ、……ごめん」

父が死の間際まで返すことを願った石は、容易に取り出すことのできない場所にある。そのことを告げれば、エイセイの唯一の縁であるもう一人の兄も、……もうこの世にいないことが分かってしまう。

「ごめん……」

何度も謝るリュエルを、エイセイが「どうした?」というように見つめてくる。

「持っているんだ」

胸に置いた手をギュッと握り締める。

「おれ、その石を……持っている」

溜め息と一緒に出た声が震え、ちゃんと言えない。

俯くリュエルの肩を、エイセイが再び摑んできた。

「シンに託されたのか？」

リュエルが小さく頷くと、エイセイは深く、大きな溜め息を吐いた。

「薄い茶色の宝石。エイセイの額にあるのとおんなじぐらいの大きさだ」

「そうか。……そうか。おまえが持っていたのか」

安堵《あんど》とも落胆とも取れるような溜め息のあと、エイセイが静かな声でそう言った。

「では、もう一人の兄も……もういないということだな」

「ごめん、エイセイ」

「おまえが謝ることじゃない」

「違うんだ。石は確実に持ってる。でも、……おまえにすぐに渡してやれないんだ」

胸のここにあるものを、今すぐにでも返したいのに、返せない。それを告げなければならないのが辛《つら》かった。

エイセイは、リュエルの言葉の意味がよく分からないというように、僅かに首を傾げ、リュエルを見つめている。

「リュエル、どういうことだ？」

「飲んだ、から」

「え……?」

「石、飲んじゃったから、ここにあるんだけど、返せない」

「飲んだって、おまえ……」

エイセイが絶句する。

「盗賊に襲われて、絶対に奪《と》られたら駄目だって、母さんに言われて」

「それで飲んだのか」

「……そう。殺されても奪られるわけにはいかないから」

村を襲った盗賊は、リュエルたちのすぐ目の前にまで迫っていた。今生きていることが奇跡と思えるほどの絶体絶命の危機だったのだ。

そんな状況でこれを守るためには、そうするしかなかった。

「ここにあるのは分かるんだ。不思議なんだけど、飲んだ瞬間から、ずっと動かないままここにある」

エイセイの話を聞き、神がくれた石だったからなのだと納得した。

「どうしよう。エイセイ、ごめんな……」

リュエルの告白によほどの衝撃を受けたのか、エイセイは目を見開いたままじっとこちらを見つめるだけだ。

「死んだら取れるんだっけ。でも、今死ぬのはちょっとな……。他に出し方ないのか？」

石の持ち主に出会えたのなら、胸を切り裂いてでも返したいと思っていたが、いざそのときがくれば、やはり躊躇《ちゅうちょ》してしまう。

どうすればいいかと悩んでいるリュエルの前で、エイセイがいきなり噴き出した。ブハッと盛大に息を吐いたあと、身体を震わせて笑っている。

こんな大笑いをしているエイセイは初めてで、茫然とそれを見ていたリュエルだが、笑い事じゃないだろうと、我に返った。

「なんで笑ってるんだよ！　大変なことなんだぞ！」

石をどうすればいいか一緒に考えてほしいのに、エイセイの笑いがなかなか収まらないので腹が立ってきた。

「おい！　笑うなって。おれ、真剣なんだぞっ」

リュエルが怒鳴ってもエイセイの笑いは止まらず、ヒクヒクと肩を揺らしている。

「もういいよ。自分でなんとかするから」

いつまで経っても笑うのを止めないエイセイを睨みつけ、リュエルは腰に収めてあったナイフを取りだした。

自分の胸にその切っ先を向けると、エイセイに手首を摑まれる。

「何をするつもりだ」

「石を取り出す」

外からは見えないが、どの辺りにあるのかは分かっている。

「止めろ」

「だってそうしないと取れない」

「止めろと言っている」

胸をめがけてナイフを突き入れようとするリュエルの手を、エイセイが痛いほどに握り締め、引き剝がす。

「邪魔すんなよ！　石を取り出すんだ」

「そんなことはしなくていい」

「だって、このままじゃ返せないじゃないか。大事な石なんだろ？」

これはエイセイに返さなくちゃいけないものだ。

「ここにあるのに」

「あるのが分かればそれでいい」

「そんなわけない」

「いいんだ」

エイセイはもう笑っていなかった。だけど僅かに細められた目元は和んでいて、「本当にいいんだ」と、穏やかな声を出す。

「石の在処が分かればそれでいい。欲しかったのは家族の消息で、石そのものじゃない」

そう言って、リュエルの手に握られたナイフを取り上げ、「まったく、馬鹿が」と笑った。

「馬鹿って言うなよ。おれ、真剣なんだぞ」

人の気持ちも知らないでと、食って掛かるリュエルの頭の上に、エイセイが手を乗せた。

「それにしても、おまえがシンの子どもとはな」

ポン、と軽く乗せられた手が、優しくリュエルの頭を撫でている。エイセイの目尻に皺が寄り、口端が引かれた。

「そういえば似ているか……？」

エイセイがじっとリュエルの顔を見つめた。兄の家臣だった男の面影を探している。

「顔は、親父に似てるかもしれない。獣人とは造りが違うってよく言われたし」

「そうだな。そういえばそんな顔だった。俺は四歳だったし、もう二十年も経っているから、よく覚えていない。どんな父親だった？　可愛《かわい》がられていたのか？」

聞かせてくれと、エイセイがリュエルの顔を覗いた。取り上げたナイフをリュエルに返し、その場に腰を下ろして、こっちを見上げてくる。

頭を撫でてくれた手も離れ、久し振りの感触が名残惜しいと思いながら、リュエルも隣に座った。

「そんなに可愛がられた記憶はない。ずっと外に出てたから」

「そうか」

「でも、帰ってきたときには、剣術を教えてくれた。あの『カタナ』っていうやつ。凄く斬れるんだ」

「ああ、あれの切れ味は凄かった」

「だから、エイセイに剣舞を教わったとき、すぐに覚えられたんだ」

エイセイが「どうりで」と、納得した顔を作る。

「俺も、兄上や父上に教わった。まだ幼かったからな、ほとんど見ているだけだったが」

リュエルに教えた剣舞は、幼い頃に見た朧気《おぼろげ》な記憶の上に、大陸を回るうちに習得した独自の技を付け加えたものなのだと言った。

「そうか。だからおれが親父から教わった剣技と動きが違っていたんだな」

「ああ。おまえのほうが、アズムルの伝統をしっかりと受け継いでいたんだな。シンはとても強い剣士だったから」

エイセイは懐かしそうに目を細め、兄の家臣だった父のことを語っている。自分の父親の話を、エイセイから聞かされるのがとても不思議だ。

「……なあ、本当にこれ、返さなくていいのか？」

宝石の埋まっている辺りに手を置いて、リュエルは尋ねた。

「いい」

「でも、ずっと探してたんだろ？」

ダンフェールに「神宿る石」があると、イザドラに聞かされたときのエイセイの張り詰めた様子を覚えている。あのあともしばらく考えこんでいるエイセイの姿を見ていて、大事なものなのだろうなと、思ったのだ。

「そりゃ、手に入るならそれにこしたことはないが、飲んでしまったのなら仕方がない」

そう言って、リュエルが手を当てている辺りに視線を送り、それから「クッ」と、喉を詰める。

「だから笑うなってば！　飲むしかなかったんだよ。あのときは必死で……」

「守ってくれたんだな」

深く優しい声が聞こえ、リュエルは隣に座るエイセイの顔を見返した。

エイセイはさっきと同じように微かな笑顔を作り、「礼を言う」と言った。

その言葉に、ツンと鼻の奥が痛くなる。

父の願いと母の思いが報われた瞬間だった。同時に、エイセイに会わせてあげたかったとも思う。父がいない今、エイセイが探していた人のことを、何も教えてあげられない。

「もっとしつこく聞いとけばよかった。親父、何も話さなかったから」

「それは仕方がない。おまえたちを危険に晒《さら》すのを恐れたんだろう。シンの消息だけでも分かってよかった。父親になっていたんだな」

「ああ、母さんが惚《ほ》れ抜いて、しつこく迫ったんだって言ってた。仲良かったよ。旅から帰ってきて落ち込んでる親父を、母さんが慰めてた」

「……想像がつかないな。俺が覚えているシンは、いつも怖い顔をして兄上の側に付いていたから」

エイセイが遠くを見るような目をして、月を見上げる。それからリュエルのほうへ向き直り、「触れてもいいか？」と言った。視線はリュエルの石のある辺りに注がれている。

「いいよ」

そっと伸びてきた掌が、リュエルの胸に当てられた。服の上から探るようにして撫でている。

「ああ、あるのが分かるな」

「本当か？」

「俺の石と共鳴している」

触れられているそこが、ぽう、と温かくなった。エイセイの体温のせいなのか、他の力が働いているのか、よく分からない。微かに感じる温《ぬく》もりは、とても気持ちがいい。

――ザザン、ザザン……という音が響いた。

懐かしいと思うその音は、エイセイから聞こえてくる。

自然に腕が上がり、エイセイの額に伸びていく。青い石に触れようとするリュエルの手を、エイセイも拒まなかった。

青い石は冷たい色をしているのに、指先に揺れると温かかった。

いつも水袋にたっぷりと蓄えられた水。ガガリが言っていた、うちには水の神様がついていると。

ああ、そういうことだったのかと、これまでのすべてに納得する。

『――我、土の理《ことわり》を知る者なり。汝《なんじ》、石の力を以《もっ》て、大地に命を吹き込めよ』

突然頭の中に声が届いた。聞いたこともない外国の言葉だったが、何故《なぜ》かすんなり意味を理解する。

声に導かれ、リュエルは地面に手をついた。目を閉じ、祈りを捧げる。

地面がウゴウゴと波打ちだし、土が盛り上がってくる。突然のことに呆気《あっけ》に取られるが、神の御力を借り、自分が土を動かしているという意識があった。

隣にいたエイセイもいつの間にか跪いている。両方の掌を上に向け、捧げるような姿勢を取っていた。

エイセイの掌から光の水がキラキラと溢《あふ》れだし、滴《したた》り落ちていく。

溢れ出た水が地面に注がれると、月の光を反射した水面《みなも》のように輝きながら土が波打ち、やがて植物がニョキニョキと芽吹きだした。

「……これは都合が悪い」

エイセイがそう言いながら、リュエルの手を取り、地面から引き剥がす。

「エイセイ、これ……おれらがやったんだよな」

リュエルが手をついていた場所が僅かに窪《くぼ》み、水が溜《た》まっている。その周りを囲むように草が生えていた。すぐに手を離したからほんの水溜まり程度だが、たぶんもっと時間を掛けて祈ったら、畑一面の景色が変わっていたことだろう。不思議な現象にポカンとする。だけどこれが「神宿る石」の力なのだと、自然と理解ができていた。

「突然この辺りからオアシスが生まれたら、大騒ぎになる」

「そうだろうな。埋めようか？　でも、もったいないな」

「いや。それよりも他にできることがある。おまえのその力を貸せ」

そう言ってエイセイが、摑んだままのリュエルの手を、促すように引っ張った。


翌日、村は大騒ぎになった。

今までいくら深く掘っても変化がなかった井戸から、一晩で水が湧き出たのだ。井戸から少し離れた広場には、大量の土が盛られている。粘土質の高い土は、日干しレンガを作るのに最適な強度だ。

井戸を囲み喜びの声を上げている村人を少し遠くから眺めながら、リュエルは疲れ切っていた。

畑を危うくオアシスにしそうになったリュエルは、石の力を使い、一晩中井戸掘りをさせられた。

弱音を吐いても、疲れたと訴えても、「あと少し」と許してもらえなかった。掘り進めた井戸の内側を硬い土で固め、崩れないように加工もさせられた。いきなりそんな高度な技術は使えないと悲鳴を上げたが、両肩に手を置かれて、「おまえならできる」と言われれば、張り切るしかない。

ほとんど睡眠を取っていない状態で頭がクラクラする。だけど同じ状態のエイセイが、もの凄く嬉《うれ》しそうな顔で村人たちを見ていたから、まあいいやと思った。

「おまえら、何やらかした？」

遠くから村人たちを眺めている二人を、ガガリが不審そうな顔で見ている。

「あれは水の神様だけの仕業《しわざ》じゃねえだろ。何があった？」

ガガリに詰め寄られ、リュエルはエイセイを見上げた。エイセイは表情を動かさずに「さあ、知らん」と言う。

ガガリの視線がリュエルに注がれるが、上手く説明なんかできないので、「おれも知らん」と、肩を竦《すく》めた。

「そうか。……ま、いっか。悪いことが起きたわけじゃねえからな」

深く考えないガガリはそう言って、村人たちの中に入っていった。

「……あれでいいのか？」

もう少し追及されるかと思ったら、あっさり納得されたことに、逆に不安になってエイセイに聞く。

「いいんだろう。ああいう神経の持ち主だから、俺も長く付き合える」

村人たちに混じり、汲《く》み上げたばかりの水を畑に運ぶために、キャラバンの連中に声を掛けているガガリを眺めながら、「そうじゃなきゃとっくに離脱していた」と、エイセイが言った。

「便利という言葉で括《くく》れるような力じゃないからな。ガガリじゃなかったら、俺はとっくに大国に売られて監禁され、死ぬまで石の力を使わされるような生活をしていただろう」

あの男との出会いは稀有《けう》なことだったと、井戸端ではしゃいでいるガガリを眺めながらエイセイが言う。

「おれもそう思う」

リュエルを見つけてくれたのはエイセイだが、ガガリが気まぐれを起こさなかったら、リュエルは今こうしていない。

「でも、井戸だけでいいのか？　どうせなら、オアシス造ってもよかったんじゃないか？」

他に知られる心配のない辺境の村だ。井戸はもちろん大事だが、オアシスがあれば暮らしはグッと楽になる。

「井戸ができただけで村人には大きな喜びだ。それ以上の恩恵は与えるべきではない」

「そういうもんか」

「おまえも、石の力を得たからといって、安易に馬鹿な真似はするなよ」

「しないし、馬鹿って言うな！」

「この力は、本来ならアズムルでしか使ってはいけないものなんだからな」

「その割には旅しているとき、けっこうバンバン水を出してたよな」

リュエルの指摘にエイセイはジロリとこちらを睨み、「それぐらいなら神も見逃してくれる」と言って、笑った。


砂漠の村で数日を過ごし、それからガガリのキャラバンは、エーレンの町へと入っていった。

井戸に水が湧いただけで、これほど生活が変わるのかと、たった数日で激変した砂漠の村の人々の様子を、リュエルは感動しながら眺めていた。

食事の支度や畑の手入れはもちろんだが、今まで洗濯などは後回しにされていたため、それが気兼ねなくできるようになっただけで、人々の装いが変わった。衣装を替えたのではない。昨日着ていたものを今日洗うということをしただけで、顔の輝きまで違うように見えた。

口内を潤すだけだった水を腹いっぱい飲める。顔が洗える。床に撒《ま》いて埃《ほこり》を払える。生活をする上で、水がどれほど心を豊かにしてくれるのかを痛感した数日間だった。

エーレンの町へ辿り着けば、東で勃発していた戦が終結していた。

アバル王国連合軍は、強国ダンフェールを打ち破り、飛び石の領土を勝ち取ったという話を聞く。軍の強さを誇っていた国は呆気なく敗れ、王をはじめとした首脳陣は悉《ことごと》くすげ替えられた。

今回の戦いで、アバル王国が獲得した数ある戦利品の中に、例の宝剣もあったらしい。

攻め入るための建前に使われた宝剣だ。アバル王国が意趣返しとして奪ったんだろうと、ガガリは言っていた。

「褒美を取らせるから宮殿に来いってよ」

東に留まった商人が運んできたアバル王からの書状を読んだガガリが、陽気な声を出した。

「褒美なら宝剣くれねえかな」と言い出して、失笑を買っていた。リュエルだけが本気で頷き、エイセイに「馬鹿か」と言われ、喧嘩《けんか》になった。

「じゃあ、ゆっくりと戻るか。褒美は逃げねえしな」

そう言って、再び出発したガガリキャラバンは、隊長の宣言通りに、ゆっくりとした道程で、逃げてきた道を再び辿っていった。

準備期間が短かった割には、驚くほどの速さで終結を迎えた戦だった。戦が行われた周辺の町や都市も、懸念したほどの荒廃もなく、戦があったというのに、人々の表情が明るいのだ。

「戦では弱者が一番割を食うからな。そうならないようにガガリが上手く立ち回ったんだろう」

以前通り過ぎたときとほとんど変わらない町並みや人々の表情を眺め、エイセイが言った。具体的にどんなことをしたのかは、エイセイもよく知らないという。

「あいつ、余計なことはべらべら喋るが、大事なことになると億劫《おっくう》がるから始末が悪い。こっちは何が起こっているのか分からないうちに、事が終わっている」

ガガリの言葉の足りなさを指摘しながら、「迷惑だ」と愚痴を零すエイセイに、そっくり同じ言葉を返してやりたいリュエルだ。

あの砂漠の村での晩以来、前よりもずっと距離が近くなったような気がする。よく喋るようになったし、何より表情に険がなくなったように見える。ただ、頭を撫でてくれたのはあのときだけで、やはりリュエルに触れようとはしてくれなかった。

時々何かを考え込んでいるような素振りも見え、そんなときは迂闊に近づけず、ちょっと離れたところから、エイセイの姿を眺めていた。

「神宿る石」のすべての所在が判明した。探し続けていたものが見つかったエイセイは今、何を考えているんだろう。

石を返したいと言ったリュエルに、家族の行方が分かればいいと言ってくれたエイセイは、それでも時折、複雑な顔をして、リュエルをじっと見つめることがある。リュエルの胸にある石のことを考えているんだろうなと思う。

散り散りに逃げ、いつか会いたいと切望していた兄弟の形見を、手にすることも、見ることすらできないのだ。

そんな思い詰めた顔で見つめられれば、「返そうか？」と言いたくなる。死ぬのは流石に嫌だけれど、ナイフでえぐり出すぐらい、全然かまわない。エイセイが喜んでくれるなら、それくらいたいしたことじゃないのに。

だけどリュエルがそう言うたびに、「いらない」「前に言っただろう」「そうじゃない」「馬鹿が」と返され、そして大きな溜め息を吐かれてしまうのだった。

褒美は逃げないとガガリが言った通りに、本当にゆっくりとキャラバン隊は旅を続け、アバル王国に到着したのは、エーレンの町を出てから半年近くも経った頃だった。

その間、キャラバン隊はいつものように町々を渡り、行商して回った。軍需景気にいち早く乗れたこともあり、商売は今までになく上手くいったようだ。

そうやって儲けた金で、ガガリはあの砂漠の村と同じような土地を訪ね、商売という名の援助をした。

リュエルたち隊員も、ガガリの命令のもと、畑づくりや家の補修などに奔走する。炊き出しで飯を振る舞ったら、祭りのような騒ぎになり、そこでもガガリに命令され、エイセイと一緒に剣舞を披露したりした。

忙しく、騒がしく、そしてとても充実した半年間の旅だった。

アバルの王都に着くと、今回はいつもと違い、高級な宿に泊まることになった。ガガリ隊の功績は大きく、それも褒賞のうちらしい。

与えられた部屋は、寝台しかないいつもの狭いものと違い、猫足のテーブルと椅子のセットが置いてあり、広さも桁違《けたちが》いだった。

寝台の上にも大仰《おおぎょう》な布が掛けられていて、幌《ほろ》が付いてると言ったら、エイセイに馬鹿にされた。その寝台も広くて、ドゥーリが寝ても余裕があるくらいだ。

そしてなんと今回は、それぞれ一人一部屋ずつ使っていいことになった。

アジェロとザームはさっそく女を呼ぶと言って、二人仲良く斡旋所《あっせんじょ》に連絡を取っていた。

他の連中も、思い思いに過ごそうと、それぞれ与えられた部屋にはけていく。

別行動をすることはあっても、完全に一人で過ごすことのない生活をしているキャラバン隊だ。滅多にない完全な自由行動に、みんな浮かれているように見えた。

そうやって仲間が一人時間を満喫している中、案内された部屋に一人で佇《たたず》み、リュエルは途方に暮れていた。

国王から招待された宴席は明日の夜で、時間はたっぷりあった。だだっ広い部屋に一人放置され、することもなく、何をすればいいのかも分からない。

取りあえず、王宮に行くときのための高級な衣装の点検をし、それが終わってからは、窓の外の景色をボーッと眺めていた。

「買い物とか行ってみようかな」

ガガリのキャラバン隊に拾われて一年近くになる。ガガリはリュエルにもちゃんと給金を支払ってくれたから、買い物をするぐらいの余裕は十分にあった。

「けど、一人で行ってもつまらないな。買いたいものもないし」

市場に行けば、食べ物の露店もあるだろうが、なんとなく気後れがする。以前ダンフェールの市場に行ったときは、エイセイが一緒にいた。串に刺した肉を食べ、ナイフを買ってもらった。

「長剣買ってみたいけど、……おれじゃあ変なの選びそうだし」

目利きにはまだ自信がない。

エイセイを誘ってみようか。長剣を買いたいと言ったら、付き合ってくれるかもしれない。でも、エイセイにとっても久々の自由時間だ。せっかくの一人部屋で、一人きりの時間を満喫していたら悪いと思う。アジェロやザームのように、この機会に女を買ったりするのかもしれないし。

「女買うのかな……?」

キャラバンの連中で酒を飲んでいるときなど、そういう話題が出ることが多い。奴隷の頃に嫌な思いをたくさんしてきたリュエルは話に入らないし、エイセイも無言だ。

リュエルに気を遣っているのかと思うが、エイセイだって男だから、興味がないことはないだろう。

「相手の女が夢中になりそうだ」

鍛え上げた肉体は綺麗だし、顔つきも整っている。無口だけど本当は優しいし、エイセイが恋人や夫だったら、相手は凄く幸福だろう。

「……なんかやだな」

エイセイが、リュエルの知らないところで他の者と楽しそうにしていたり、抱き合ったり、口づけを交わしたりしている光景を想像し、リュエルは唇を噛んだ。

「なんだろう。石が力を発動した？」

祈りを捧げたわけでもないのに、胸が痛い。

部屋で悶々と考えていたら、不意にリュエルの部屋の扉がタンタンと、鳴った。誰かが部屋の向こうから叩いたらしい。

なんの合図なのかと思い、ジッとしていたら、再びドアが叩かれた。

「……敵か？」

腰からナイフを取り出し、ドアにピッタリついて耳を澄ます。しばらくすると、また扉が叩かれた。

「リュエル、いないのか？」

部屋の向こうからエイセイの声が聞こえ、飛びつくようにして扉を開けると、不機嫌顔をしたエイセイが立っていた。

「何故すぐに開けない」

「敵かと思った」

「敵がわざわざノックをするのか？」

「ノックってなんだ？」

「……ああ、そこからだったか」

よく分からないうちに、エイセイに呆《あき》れられたらしい。ノックの意味を教えられ、それから部屋に押し入られた。

「何をしていた」

「……いろいろ」

「することがなくて途方に暮れていたわけか」

「いろいろって言ってんだろ！」

いきなり図星を指されて食って掛かるしかない。

「時間があるなら海へ行ってみないか？」

いきなり誘われ、ポカンとしてしまった。

「見たことがないんだろ？　前回は港に足を運ぶ機会がなかったから、見せてやろうと思ったんだが。興味がないか？」

「いや！　ある。……え、でも、エイセイは女を買わないのか？」

もの凄く剣呑《けんのん》な顔をされた。

「おまえは買うのか？」

思いもよらないことを反問され、リュエルは慌てて首を横に振った。

「買わないよ！　そういうの興味ないから！」

「そうか。俺もだ」

「え、ないのか？」

「うるさい。海に行くのか、行かないのか」

「行きたい！」

じゃあ、決まりだなと言われ、さっそく海に連れ出されることになった。


初めて見る海は、想像したよりもずっと大きかった。泉だとか川だとかと比べものにならないくらいに何処までも青い水が広がって、終わりがない。

陸に近いところには、桟橋という長い橋が架けられていて、何艘《そう》もの小型の船が繋がれていた。沖のほうには、見たこともないくらい大きな船が浮かんでいる。

「デカいな！　エイセイ、あれって軍艦か？」

「いや、違う。商船だ」

「ふうん。なんであの大きい船は橋に繋がないんだ？」

「あの辺りは大船が進入できるほどの深さがないんだろう。だから小船で行き来をしている」

初めての港の光景に口を開けて見入っているリュエルに、エイセイがいろいろと教えてくれる。

港では、人々が忙しく働いていた。大船から小船へ、そして陸へと、大勢で荷物を運んでいる。

威勢のいい掛け声に混じり、海の音が聞こえてきた。

「……あの音、おれ知ってる。ザザン、ザザン……って」

「ああ、波の音だ」

「波……。あれは波の音だったのか」

小川や泉で起こる波とまるで違った。広大な海が巻き起こす波は、こんな音がするのか。陽《ひ》の光を反射させ、水面が光った。白い飛沫《しぶき》の波が立ち、寄せては返す動きに合わせ、あの心地好い音がリュエルのところまで聞こえてくる。

ああ、あれは確かにこんな音だったと、目の前にある風景と音が初めて一致したことに、不思議な感覚が湧き上がった。

「初めてエイセイと出会ったとき、おまえからあの音が聞こえてきたんだ」

リュエルと一緒に波の音を聞いていたエイセイが、こちらを向いた。

「なんの音か分からなかったけど、この音好きだなって思った」

「そうか」

「今でも時々聞こえることがある。ほら、砂漠の村でオアシスを造りそうになっただろ？あのときも聞こえた」

他にも、剣舞を舞ったときにも聞いた。

「エイセイが水の石の持ち主だから、波の音がしたんだな」

エイセイ自身はよく分からないらしく、首を傾げている。

「エイセイには聞こえないのか？　あの波の音」

「ああ、聞いたことがないな」

「ふうん。不思議だな。じゃあさ、おれからは何か聞こえるか？」

水の石を持っているエイセイからあれが聞こえてくるなら、土の石を持っているリュエルの音も、エイセイに聞こえているのかもしれない。

エイセイは考える素振りを見せたあと、「いや、何も聞こえない」と言ったので、ガッカリした。

「そうなのか。おれが石の正統な持ち主じゃないから、そういうのはないのかもな。残念。

エイセイと特別な繋がりみたいなのがあるかと思ったのに、おれだけだったか」

「いや」

エイセイの声に、パッと顔を上げた。

「何？　なんかあるのか？」

石を持つ者同士で何か通じることがあるのかと、期待して待つ。

「……ないな」

エイセイが何故か目を逸《そ》らし、否定した。

「なんだよ。今ありそうな雰囲気だったじゃないか」

「ない」

「誤魔化してないか？」

「誤魔化してない。だいたい石を飲み込んだ者の話など前例がないから分からない」

早口で言われ、睨まれた。

「なんで怒ってるんだよ」

「怒っていない。怒っていないが、おまえがいろいろと自覚が足りないのが悪いと思う」

「自覚？　おれ、なんか悪いこと言ったか？」

「さあ」

「言えよ！　言ってくれないと分かんないだろ！」

「言わないと分からないっていうのが始末が悪いんだ」

ふう、と呆れたように溜め息を吐かれ、わけが分からず膨れっ面《つら》になる。

「そんな顔をしても駄目だ。耳を立てろ」

「勝手になるんだから放っておけよ」

「尻尾は緩んでないか？」

「緩んでない！」

海から聞こえる波の音に、二人の怒声が混じり合い、風が遠くへ運んでいった。


翌日の夜、リュエルはアバル王国の宮殿に来ていた。

今回はキャラバンの仲間全員が招待された。謁見の間に通されて、国王と対面する。

玉座に座る国王は、宴会のときとは違い、威厳ある空気を纏っていた。

「このたびの戦に於《お》いて、其方《そのほう》たちは多大なる貢献をした。ダンフェールの思惑を我が国に伝え、近隣諸国との橋渡しのために尽力してくれた。其方たちの功績は大きい。礼を言うぞ」

許されて顔を上げると、とても機嫌の好い顔で国王がこちらを見下ろしている。

褒美は豪華な宿の他に、金品と新しい馬車だった。馬車はガガリが予《あらかじ》め要望を伝えていたらしく、すでに職人に造らせているという。それから、アバルと近隣諸国での優先的な商売の権利に、望むなら国内に商会を置くことも許された。

ガガリの忠言がなければたぶん敗れていた戦だ。王様から褒美なんかもらったことがないので、これらがどれくらい凄いことなのか、リュエルには今ひとつ理解ができないが、破格の扱いらしい。側にいる大臣がそう言った。

国王からのお言葉をもらったあとは、宴会に招待された。一旦控えの間に通されたあと、以前とは違う宴会場に連れて行かれた。

国王をはじめ、大臣たちが半円状に広がるのは同じだが、今回はその席の一角に自分たちも座らされる。酒や料理が運ばれ、それを口にしながら余興を楽しむ側になっているのが落ち着かず、どうにも居心地が悪かった。

壊したら弁償がどれくらいの値段になるのか分からないような器や、どうやって食べたらいいのか分からないような料理を目の前にして、リュエルは困惑していた。

「……俺の真似をしていればいい。ここで無理して食べることはない。あとで宿で食べたらいいんだからな」

隣に座るエイセイがそっとそう言ってくれて、少し肩の力が抜けた。ガガリやイザドラは堂々としたもので、王や大臣と臆することなく会話を交わしていた。

「そうだ。以前宴で観《み》た剣舞が殊《こと》の外《ほか》よい出来であった。あれがまた観たいものだ」

招待しておいて余興をさせるのかよとギョッとしたが、ガガリは即座に「かしこまりました」と快諾する。

「本日はそのための衣装や武具の準備をしておりませんが、それでよろしければ」

「よいよい。今宵《こよい》の装いも引けを取らぬ。誰か剣を持て。その者たちに与えよ。急なことだが、是非我々を楽しませてくれ」

にこやかに語る王の視線が真《ま》っ直《す》ぐにリュエルに注がれていた。顔を引きつらせながら、かろうじて笑顔を作り、エイセイと一緒に立ち上がった。

側近が持ってきたのは、刃の部分が潰された、飾り用の剣だった。渡された瞬間、宝玉が埋め込まれた宝剣ではないかと、石の在処を探してみるが、違っていた。

そんな大事なものをたかが余興のために貸してくれるわけがないと分かっていても、なんとなくガッカリした。そうだったらエイセイがとても喜ぶと思ったからだ。

久し振りの剣舞に緊張したが、一歩踏み出したあとは、自然に身体が動いたことにホッとした。エイセイは前と同じようにリュエルの動きに完璧に合わせてくる。顔には薄《うっす》らと笑みを浮かべていた。リュエルも次第に没頭していく。

波の音は聞こえてこなかったが、心地好い時間だった。稽古をしていなかったのに、前よりも息が合っているような気がした。

舞いが終わり、王の前に跪く。初めてリュエルたちの舞いを観た賓客も、二回目の者も、驚いたような顔をして、拍手をしていた。

「突然の所望にもかかわらず、実に見事な舞いであった。特に獣人の者は以前よりも舞いの技術が増しておるな。目を引かれたぞ。余は大変満足だ」

王の手放しの称賛に、リュエルは更に深く頭を下げた。

「酌を許す。近う寄れ」

エイセイは呼ばれておらず、リュエル一人で行くしかなかった。ガガリとイザドラは、別の賓客の相手をすでにしており、助け船は出そうにない。ここは自分で頑張らなければならないようだ。リュエルは静々とした動作で、国王の隣についた。

手の震えを頑張って抑え、王様に向け、自分なりの精一杯の笑顔を作る。

「ほう。以前見たときよりも色香が増しているようではないか」

顔を覗かれ、引きつらないように「ありがとうございます」と言えた。王はご満悦の様子で、盃《さかずき》を直ぐさま空《から》にし、リュエルは再び催促され、酒を注ぐ。

「其方の舞いは、以前から気に入っておったのだ。獣人といえども、希《まれ》に見る美しさだ。そうだ。其方に特別に褒美を取らせよう。欲しいものを言ってみよ。与えてやるぞ」

顔を近づけてきた王がそう言った。「なんでも取らす」という言葉に、パッと思いついたものがある。

「宝剣が欲しいです」

リュエルの言葉に、周りがざわりとした。失敗したかなと一瞬青ざめるが、国王は「……

ほう」と小さく声を出し、目を細める。

「随分と大胆なものをねだられたものだ。其方らの貢献は大きかったからな。なるべく望みを叶《かな》えてやりたいとは思うておる。しかし、宝剣となると、ちと難しいな。あれは余にとっても大切な秘宝であるから」

「そう……ですよね」

落胆するリュエルを見て、王が考え込むようにして、顎に手を添えた。

「……うむ、しかし考えなくもないぞ？」

「っ……！　本当ですか？」

思わず王の顔を見返すと、国王は楽しそうに笑い、「そんなに欲しいのか」と言った。欲しい。二本のうちの一本でも手に入ったら、きっとエイセイが喜ぶ。

王の返事を待ちながら、リュエルは辺りに視線を巡らせた。

ガガリは大臣と商売の話でもしているのか、顔を突き合わせてなにやら真剣に話し込んでいる。イザドラも別の場所で、酌を受けながら笑い声を立てていた。他のキャラバンの連中も、綺麗どころに囲まれて、美酒に酔っている。

エイセイもそつなく接待を受けながら、チラチラとこちらに視線を送ってくる。王の酌の相手など大丈夫なのかと、心配しているような様子に、任せておけと力強く頷いてみせる。

エイセイが溜め息を吐いた。

「難しいことではあるが、其方に褒美を与えたい気持ちはあるのだ」

エイセイのほうに神経を集中させていたリュエルは、王様の声に我に返って、そちらに顔を向ける。

「余は殊の外其方のことが気に入っている。だが、宝剣を与える決断を下すには、まだ材料が足りぬ。しかし其方が余を説得できるようであれば考えなくもないぞ？」

「説得……？」

リュエルの顔を眺める王の笑みが深まった。

「余を説得してみるか？　……宴が終わったあと、余の奥室に来るがよい」


宴が終わり、解散となったとき、リュエルはガガリたちに、王宮に一人で残ると告げた。

国王から申し送りがあったようで、数人の側近がリュエルを迎えるために待っている。

「残るっておまえ……、なんでそんなことになってるんだ？」

ガガリが素っ頓狂な声を上げ、イザドラが「あんたチャッカリ何やってんのよ」と、尖《とが》った声で糾弾する。

「王様に部屋に来いって言われた」

リュエルの言葉を聞いたガガリが、控えている側近に視線を送る。側近がコクリと頷き、ガガリは「断りゃいいだろ」と事もなげに言う。

「そんなわけにはいかないだろ。大丈夫。話をするだけだから」

「話で済むわけねえだろうが。どんな取り決めをしたんだ？　……脅されたのか？」

ガガリが剣呑な声を出し、今にも飛び出しそうになっているのを、慌てて押しとどめた。

「おれが頼んだんだ」

「説明しろ」

早くリュエルを連れて行きたそうな側近を待たせ、ガガリが説明を求めてくる。

「王様がおれを気に入ったって。それで、個人的に褒美をくれるって言うから」

「それで金に目が眩《くら》んだって？　何をねだった？」

「……宝剣」

リュエルがその言葉を口にした途端、無言でリュエルを見つめていたエイセイの纏う気が、ブワッと膨れ上がる。

「なんでもくれるっていうから、宝剣が欲しいって言ったんだ。そしたら、それは難しいって言われて」

「当たり前だろうが」

「でも、絶対駄目なわけじゃなくて、おれがちゃんと説得できたら考えるって言った」

ガガリが大きな溜め息を吐き、エイセイが「馬鹿が……」と言った。

「考えた末にやっぱり駄目だと言われるだけだ。部屋に呼ばれることの意味が分かっているのか?」

「分かってる」

エイセイが「おまえ……」と、低い声を出す。

「駄目かもしれないけど、やってみる価値はある。説得してみせろって王が言った」

エイセイの冷ややかな目がリュエルを貫く。

馬鹿なことをしていると分かっている。だけど、ほんの少しでも希望があるなら、挑戦する価値はあると思うのだ。

「何もしないままなら、絶対に手に入らない。けど、機会をもらえたんだ。だって、宝剣欲しいだろう?」

二十年間、ずっと探し続けてきた故郷の宝だ。エイセイにとってそれは大切な家族の形見で、取り戻したいと思っているに決まっている。

リュエルだって父の愛剣を奪われたときは、とても悲しく、悔しかった。その気持ちが分かるから、どうしても取り戻してあげたいのだ。

一人宮殿に残れと言った王が、リュエルに何を求めているのかだって分かっている。容易にリュエルの望みを叶えてくれるとも思わない。だけど、リュエルが懸命に奉仕したら、もしかしたら絆《ほだ》されるかもしれないじゃないか。

そんなもので済むならいくらでも与えてやる。だってそれぐらいしか、自分にできることがないのだから。

「大丈夫。おれは平気だ。みんなは先に帰っててくれ」

笑顔を作ってみんなに宿に戻るように促す。「頑張るからな」と、わざと明るい声で、力こぶを作ってみせた。

「エイセイ、どうするよ?」

「決まっている」

「分かった」

ガガリとエイセイとで短いやり取りが行われたと思ったら、そのままガガリが控えの間を出ていった。引き留める間もない、風のような速さだ。

「おい、ガガリ、何処行くんだ?」

呆気に取られるリュエルを、エイセイがいきなり担ぎ上げた。

「うわ、なにすんだよ。下ろせ」

リュエルを担いだまま出ていこうとするエイセイを、側近が慌てて引き留めようとするが、

「これは連れて帰る」と強引に暇《いとま》を告げられ、その威圧するような鋭い声に、動きを止めた。

「何言ってんだよ。おれは王様と約束があるんだ」

「却下する」

暴れても叩いてもエイセイは力を緩めず、もの凄い勢いで王宮の廊下を歩いて行く。

「勝手に帰ったら不味いだろう。エイセイ、下ろせよ。捕まっちゃうよ！」

「ガガリが話をつけるから大丈夫だ。暴れるな」

これ以上暴れたら両腕両足を折ると、本気の声で言われてしまい、リュエルは観念するしかなくなった。


高級宿のリュエルの部屋に戻っていた。

リュエルは猫足の椅子に行儀よく座っている。目の前には、腕組みをしているエイセイがこっちを睨んでいた。部屋には二人きりで、非常に重い空気が漂っている。エイセイの顔は、これ以上ないぐらいに不機嫌で、リュエルが一言でも声を発したら、直ちに叩き切られそうな雰囲気だ。

「……あの、ガガリどうしたかな。大丈夫かな」

意を決して声を出してみる。エイセイがジロリとリュエルを見下ろした。

「馬鹿なことを考えたもんだ」

「う……、でも……」

反論しようとすれば、吹き飛ばされそうな威圧を発せられて、何も言えなくなる。

凄《すさ》まじい憤りの気は、いつか宝玉の在処をイザドラに知らされたときよりもずっと激しい。

「前に言っただろう。石を取り戻したいわけじゃない。家族の消息が知りたいだけだと」

「取り戻せるならそれにこしたことはないって言った。だって心配じゃないか。石の力を知られたら、大変なことになるだろ？」

「剣の柄《つか》に埋め込まれているくらいだから心配はない。あれは身体と同化して、初めて神の力を賜るものなのだから」

「おれみたいに飲んじゃうやつが出てくるかもしれないじゃないか」

「そんな馬鹿な真似をするのはおまえぐらいだ。まったく、突拍子もないことをしてくれる」

はぁー、と地を這《は》うような溜め息を吐き、エイセイが頭を抱える。

「……悪かった。でも、石を取り戻せたら、エイセイが喜ぶと思ったんだ」

「自分を犠牲にしてでもか？」

怒りの籠《こ》もった声で問われ、ヒュンと耳が畳まれる。エイセイがここまで怒るとは思わなかった。

だって自分が石を持っていると言ったとき、あんなに必死な顔をしていたじゃないか。自分が飲んでしまったから、返してあげられないのが辛かった。それが手の届きそうなところにあると思ったら、どうしても取り返してあげたくなったのだ。

「大事なものを失ってまで手に入れたいとは思わない」

情けなく耳を下げて俯いているリュエルの上に、エイセイの言葉が降りてきた。

さっきとは声音が変わっていて、リュエルはそっと顔を上げた。

「石を取り戻しても、おまえが王のものになってしまったら、一番大事な宝を失ってしまうことになる」

「エイセイ、それって、……どういう意味？」

リュエルの問いに、エイセイはフッと笑い、リュエルに向けて腕を伸ばしてきた。指先で石のある場所にそっと触れ、「これだけで十分だ」と言った。

「でも、取り出せないんだぞ。見ることも触ることもできない」

「今触れている」

エイセイの指先が当たっているところが、前と同じように温かくなる。

「一番大事……？」

それは石のことなのか、それともその中にリュエル自身も入っているのだろうか。

「ああ、そうだな」

「石がか？　他の四つのものより大事だって言うのか？　なんで？」

「…………」

「なあ、エイセイ」

胸に触れていたエイセイの指が離れていった。

「アズムルの現状だが、リュドという国が支配しているそうだ。港に船が来ていただろう？　アバルを通して交易を行っているらしい」

聞きたいことからちょっとずれた答えがきたが、リュエルは黙ってエイセイの話の続きを待った。

アズムルを制圧した連合軍は、ダンフェールとアバルが戦利品として宝玉を持ち帰り、支配権はリュドに渡された。神の力を失った土地は、資源を取り尽くしたあとは、大国にとって、もう魅力のあるものではなくなっていた。

「俺の国は、滅ぶべくして滅んだんだ」

海に囲まれた環境に安心して、他所《よそ》に目を向けることもせず、備えもしていなかった。「神宿る石」さえあれば、自国は安泰だと信じて疑わず、結果、国は呆気なく滅んだ。

「神国でなくなったかつてのアズムルの人々は、今は別の国の営みのもと、平穏に暮らしている」

神王が君臨していた頃は、天候が崩れれば神に頼り、力業《ちからわざ》で豊穣を得てきた。そして現在も、あの国の人々は変わらず土地を耕し、収穫を得、貿易を行いながら、生活の向上のために努力をしている。

「石の力に頼らなくても、人々は生きていけるんだ」

それが理解できたのは、ガガリたちと共にこの大陸を巡り、国々の在り方を見たからだと、エイセイは言った。

「ガガリは国を行き来しながら、国にも利があるように立ち回る。もちろん、自分たちが利益を得るのが最優先だが、最適な方法を常に探し、実行してきた。……采配を振るのは人であって、神ではない」

貧しい村を訪ねたとき、神の力があれば皆に幸福が訪れるのにと思った。だけどそれは間違っていたと、人々の営みを見て思ったと。

「『神宿る石』は飾りであるほうが平和だ。所在が知れて、大切にしてくれるのならそれでいいと思っている」

静かに語るエイセイの声音は、決して負け惜しみではなく、本心からそう思っていることが窺えた。

「一番大事な宝が手に入ったからか？」

さっきの言葉をもう一度聞きたくて、そう問いながら、エイセイの目をジッと見つめる。

「おまえが王の部屋に行くと言ったとき、俺がどんな気持ちになったか分かるか？」

強い目で見つめ返された。また怒りがぶり返したような表情を見せるエイセイに怯《ひる》みながら、「どんな気持ちになったんだ？」と、思い切って聞いてみた。

エイセイは一瞬虚を衝《つ》かれたような顔をしたあと、誤魔化すように目を逸らした。

「なあ、エイセイ」

「うるさいぞ」

「なんだよ。さんざん怒っておいて、おれが聞いたら誤魔化すのか？　言えよ」

だんだん不機嫌になっていくエイセイにしつこく問いただすと、面倒くさそうに溜め息を吐かれ、「言わせるな」と言われた。

「言ってくれないと分かんないだろ。なあ、エイセイ、言ってくれよ」

エイセイはこちらを見ずに、頭痛を我慢するような顔をして、額に手をやっている。

「おれ、エイセイがアジェロたちと一緒に女を買いに行くのかなって思ったとき、……凄く、嫌だなって、思った。エイセイも同じか？」

そうだったらとても嬉しい。期待を込めてエイセイの答えを待つが、エイセイは何も言わず、怖い顔をしたままだ。

「……おれは、ここに来るまで人族が大嫌いだった。酷いことをいっぱいされて、差別もされた。親父が人族だっていうのも、本当はずっと、嫌だったんだ」

獣人を差別し、物のように扱う人族と自分が、半分でも同じだということが我慢できず、父や母を恨んだこともある。純粋な獣でもなく、人でもない自分は、何処にも居場所などなく、孤独感に潰されそうになったこともある。

「だけど、ガガリがここに連れてきてくれて、仲間として旅を続けているうちに、おれも考えが変わったんだ」

エイセイがリュエルを見つけてくれた。それからの毎日は、楽しいことばかりだった。

「おれの親父とエイセイの故郷が同じだって知ったとき、おれがあの人の息子でよかったって、本当にそう思った」

他の者とは違う唯一の自分の存在を、初めて誇らしく思った。

「おれ、エイセイのこと、大事だよ。一番大事だ」

エイセイが言ってくれないから、自分から告白した。

「だから、エイセイが一番大事な宝も、おれと同じだったらいいなって、そう思っ……」

言葉を最後まで言う前に、エイセイの両方の腕が伸びてきて、抱き締められた。頭をぐしゃぐしゃに掻き混ぜながら、「おまえはまったく……」と、忌々しそうに言うから、なんで？と思う。

乱暴な仕草に逃げようと腕を突っ張るが、強い力で引き寄せられて、離してもらえない。

「エイセイ、ちょ……、耳、耳、メチャクチャになってる」

掻き回されて耳があらぬ方向に向いてしまい、声を上げるがエイセイの手の動きは止まらない。

「おまえのそういうところが困るんだよ」

「何がだよ。怒ってんのか？」

エイセイの言動の予想がつかなくて、困惑する。もともと無口で分かりづらいが、今日のエイセイは本当に何を考えているのか分からない。

「決まっているだろう」

「何が？」

「俺が大事なものなんか、おまえしかいないと言っている」

やけくそのような声を出し、エイセイが言った。

「本当か？」

頭を撫でられながら上を向くと、エイセイも見つめ返してきた。眉間に僅かに皺を寄せ、困ったような顔をしている。言いたくないことを言わされて、怒っているようにも見える。

乱暴に撫で回す手の動きが、それでもとても嬉しくて、もっと撫でてくれと、エイセイの胸に自分から顔を埋《うず》めた。

エイセイの手は、リュエルの要望通りに毛並みに沿って撫で下ろしたり、耳を摘まんだりしている。久し振りの感触にうっとりと目を閉じた。

リュエルが無理やり言わせたようなものだが、凄く嬉しい言葉をもらった。自分と一緒なのだと、一番大事なのはリュエルだと、そう言ってくれたのだ。

心地好さに浸っていると、不意に手とは別のものが耳に押しつけられた。腰を折って顔を近づけたエイセイが、リュエルの耳に唇を押し当て、そっと噛んでいる。

エイセイのとった初めての仕草に、リュエルは顔を上げた。じっと見つめていたら、耳を食《は》んでいた唇が降りてきて、リュエルの口に重なった。

「ん……ぅ？」

突然のことに吃驚《びっくり》して声が出た。硬直しているリュエルにエイセイが苦笑し、重なった唇が離れていこうとするので慌てて追い掛ける。エイセイの首に腕を回し、引き寄せながら背伸びをする。

自分から押しつけると、エイセイも驚いたように目を見開いた。

エイセイの唇は、柔らかくてとても気持ちがいい。舌先でチロチロと舐《な》め、エイセイがリュエルの耳を噛んだのを真似して、はむ、と上唇を挟んだら、「噛むな」と怒られた。

すぐ前にエイセイの黒い瞳が見え、そこにリュエルが映っていた。嬉しそうな自分の顔が恥ずかしいが、離れたくないと思った。

夢中になってエイセイの唇に食らいついていると、エイセイに顎を摑まれた。しつこすぎて嫌がられたかなと反省していたら、顔を倒され、エイセイが再び横から重なってきた。

僅かに開いた口の中に、エイセイの舌がヌルリと忍び込んでくる。

「あ……？　んぅ、……ふ、う」

やっぱり驚いてしまってまた声が出たが、今度はエイセイは離れなかった。口の中に入ってきたエイセイの舌は、リュエルのそれを搦《から》め捕《と》り、クチクチと音を立てて吸い上げる。

「あ、……あ、はぁ……う、ぁ、は……」

……どうしよう。尻尾を摑まれてもいないのに、下半身がズクズクと疼き、足に力が入らなくなってきた。

セイセイの服を強く握り、崩れ落ちないようにしがみつく。動揺しながら、だけどやっぱり止めてほしくないと思った。気持ちがよすぎて蕩《とろ》けそうだ。

「こういうことには興味がないと言っていなかったか？」

エイセイの口づけに翻弄されているリュエルを見て、エイセイが意地悪なことを言って笑っている。

「言ったよ。興味ないし」

言っていることとやっていることがチグハグだが、今まで興味がなかったのは本当だから、そう答えた。

「他のやつとのことは興味ない。でも、エイセイとなら興味がある」

リュエルの言葉に、エイセイが「まったく、そういうところがな」と、呆れたように息を吐いた。

不穏な空気が漂って、説教されそうな雰囲気がする。

「エイセイ、もっとくれ」

だから首に回した腕に力を込めて、続きがほしいとねだったら、エイセイがまた大きく溜め息を吐いた。

「駄目か？」

「……本当におまえは」

そう言って、エイセイもリュエルの腰に腕を回し、強い力で引き寄せた。


「ん、ん……んぅ……、ゃ、……あ」

天蓋の付いた寝台の上で、リュエルは泣きながら身体を揺らしていた。

四肢をシーツの上につき、腰が自分の意思に反して高く上がっている。恥ずかしくてもう嫌だと思うのに、許してもらえない。

「エイセイ、……も、やだ……ぁ」

「そう言われても、絡みついて離してくれないのはおまえのほうなんだが」

リュエルの抗議に、エイセイが困ったような声で言った。

いつも腰にきつく巻き付けてある尻尾が解け、エイセイの腕に絡みついている。そんな状態で、尻尾の付け根を撫でられたり、先っぽを食まれたりするのだからたまらない。

「おまえ、いやらしすぎるだろう」

「だって、違う……っ、はぁ、ぁあ……んぅ、んっ、んっ」

リュエルに文句を言いながら、エイセイがうなじを噛んできた。ゾクゾクとした快感が背中を這い上がり、声と共に顎も上がった。

「エイセイが……っ、やらしいから……ぁ、あ」

「俺は普通だ」

「嘘だ！　こんなの……ひ、ゃ……ぁああん」

うなじから耳へと唇が移り、耳の中に舌を入れられた。グジュリという水音が頭の中に響く。腰が浮き、勝手に揺れ動いてしまう。

耳をネチネチと舐《ねぶ》られて、閉じられなくなった口に、エイセイの長い指が差し入れられる。反射的に吸い付き、舌を絡ませたら、後ろでエイセイが「ほらな」と言う。

「なん、で、そんな……ぁ、意地悪言……ぅ」

「おまえが馬鹿なことをしようとするからだろう」

「な、にが、馬鹿なんだよ……っ、んんっ、馬鹿は、エイセ……ふぅぁ、ぁあ」

口答えをしようとすれば、容赦なく感じるところを責められ、泣かされる。

「こんな感じやすい身体で、国王の奥室に行こうとしたんだよな」

「……っ、そ、れは、……はっ、は、違……、エイセイ、……エイセイ……」

尻尾の付け根をギュッと握られ、嬌声《きょうせい》が上がる。その上トントンと腰を叩かれれば、身体を震わせながら制限なく腰が上がっていく。

「リュエル」

怖い声でエイセイがリュエルを呼ぶ。

「ごめんなさい、あぁあ、ごめんなさ……、んんんっ、……み、ゃぁあぁあんん」

涙が滴り落ち、腰がいやらしく蠢《うごめ》くのが止められない。

「反省しているか？」

「してる、してるから、……もう、だから、あっ、あっ、やぁだ……ぁあ、そこ、やだ、やっ、ぁああ」

「じゃあ許してやる」

いきなり下半身のソレを握られて、上下に扱《しご》かれる。全然許してもらえているような気がしないのは何故だろうか。

「駄目、……だ、ぁめ、ひ、ぁあ、ああ」

腰が揺れるたびに飛び散る蜜液で、シーツに染みができている。ここが興奮しているのをなんとか隠そうとしていたのに、触られてしまえば隠しようがない。

「うぅうう……、やだって、言ったのにぃ……」

エイセイの手から逃げたいのに、自分で尻尾を絡みつけているので動けない。

「観念して悶《もだ》えていればいい」

「やだよ、だって、……こんなの……んんぅう、おれ、ばっかり……」

自分ばかりが喘《あえ》がされ、こんな痴態を晒している。

「そんなことはないから」

耳元でエイセイがそう言って、うつ伏せのリュエルの背中に、覆い被さってきた。

リュエルの尻尾を腕に絡ませながら、エイセイが身体を密着させる。腿にエイセイの熱が当たった。それはリュエルと同じように硬く育っていて、肌の上を滑る感触が濡《ぬ》れている。

「エイセイも気持ちがいいのか?」

「ああ、そうだ」

優しく響く声は少し掠《かす》れていて、頰に口づけをくれた。首を動かして、自分からエイセイの口に吸い付いたら、目を細めたエイセイが、甘い溜め息を吐いた。

リュエルに触れ、痴態を眺めながら、エイセイも高まっているのが分かり、急に安心した。

「だから委ねろ」

「ん……、うん……んっ、あ」

エイセイの声に、抑えていた感情が解放され、快感の度合いが高くなる。エイセイの手に握られたリュエルの雄茎が上下されると、パタパタと愛液が滴り落ちた。エイセイの手の動きに合わせ、腰が淫靡《いんび》に前後する。

「エイセイ……気、もちいい、気持ちいい……」

「ああ……」

快楽に素直になったリュエルを眺め、エイセイが嬉しそうな声で答えてくれた。

グチュグチュと淫猥《いんわい》な水音が立ち、その中にリュエルの声とエイセイの溜め息が混じる。頭の芯が痺《しび》れたようになり、潤んだ視界がぼやけてきた。

「エイ、セ……、もう、……だめ、出る……、ああ、出る……っ、やだ……っ」

腰を激しく揺らし、絶頂に駆け上がろうとしたら、突然エイセイの手が離れてしまい、悲鳴が上がった。もう少しで頂きに届こうとする寸前で突き放され、絶望する。

なんて意地の悪いことをするのだと、弛緩《しかん》した身体を無理やり動かし、エイセイを睨み上げる。

「待っていろ」

こんなときに何を待たされるのかと抗議しようとしたら、いきなり後ろにツプリと指を差し入れられた。

「んんっ、あああっ！」

絶叫に近い声を上げ、突然進入してきた違和感に大きく目を見開いた。

「まだ指一本だからな。そんなに酷くはないだろう？」

十分酷いと、フルフルと首を横に振って訴えるが、エイセイは聞く気はないようだった。

ゆっくりと出し入れされ、時々グルリと回される。そんな場所に指なんか入れられたことがなくて嫌なのに、エイセイが褒めるように腰や背中を撫でてくれるから、拒絶はできなかった。

「ん、……ん」

我慢している褒美なのか、さっき終わりそうだった興奮したそこを、また握ってもらえた。優しく擦《こす》られると、指を入れられた違和感が薄れ、前のほうに集中する。

だけどリュエルが感じすぎて達しそうになると、動きを変えられてしまい、泣き声が上がった。

「まだ……？　なあ、エイセイ、まだ？」

苦しいのはリュエルのほうなのに、エイセイが「煽《あお》るな」と、苦しそうな声を出した。

少しずつ指が増え、解されていくうちに、だんだん違和感が薄くなってきた。エイセイは相変わらずリュエルの身体を撫で、唇を落とし、慰めるような仕草を繰り返す。絡みつけてある尻尾の先でエイセイの頬を撫でたら、エイセイが「余裕じゃないか」と言って笑った。

やがて指が離れていき、エイセイが再びリュエルの背中に被さってきた。

指よりも質量のあるものが、ゆっくりと押し入ってくる。「ああ」と、エイセイが声を上げた。こじ開けられる恐怖に身体が戦《おのの》いたが、エイセイの声を聞いたら、怖さが融《と》けてなくなった。

少しずつゆっくりと進んでくる。上からリュエルの様子を窺っているのを感じて、息を吐きながら「余裕だ」と言ってあげた。エイセイもフッと息を吐く。笑ったみたいだった。

「リュエル」

名を呼ばれ、頬を撫でられた。そのまま顎を引かれ、口づけをされた。

目の前にあるエイセイの表情は、きつく眉を寄せ、苦しそうに見えた。

「もっと急いでもいいぞ？」

「ゆっくり楽しんでいるんだから邪魔をするな」

余計な気遣いだったらしい。

「リュエル……」

再び名を呼ばれ、すべてが埋まったのを理解した。繋がっていく感覚がとても不思議だ。

「……動くぞ」

声と共に、エイセイがゆっくりと動き出す。息を吐きながら、時々、クッと喉を詰め、それから大きな溜め息を吐き、また動き始める。

腰を摑まれ、グイ、と強く押されたら、「ああっ」と、大きな声が出た。

とても丁寧に準備をしてもらえたから、痛みはない。エイセイが動くたびに内側の襞《ひだ》が捲《めく》れるような感覚に、声が上がる。

エイセイの動きが少しずつ速さを増し、それにつれて息が荒くなってきた。気持ちがいいのかな、気持ちよくなってくれたらいいなと願いながら、エイセイの動きに合わせてリュエルも身体を揺らした。

「っ、……ああっ」

突然、グリ、とリュエルの内側の硬い場所にエイセイの切っ先が当たり、大きな声と共に顔が跳ね上がった。前を触られたときとは違う快感が内側から起こり、その初めての感覚に、リュエルは恐慌を来《きた》した。

「そこ……だめだ。待って、待っ……、ひ、ひ、ぁあ、ああ、あああ、ああ――」

射精していないのに似たような絶頂感が訪れ、リュエルは夢中になって腰を揺らした。達しようとするのに終わりがこない。快感から逃げようと前にずり上がったら、腰を摑まれ引き戻された。

「エイセイ、そこ、駄目、あっ、あっ、だめ、ぇ」

駄目だというのにエイセイが同じ場所をめがけて突いてくる。

気がつけばエイセイも声を発していた。喉を詰め、声を抑えようとして、抑えきれずに呻《うめ》いている。

「リュエル、……リュエル」

何度も名を呼ばれた。返事をしたくても、口が開きっぱなしで上手く言葉が紡げない。

「あ、……あ、エイセ……イ、ああ、……ああ、エイ、セ……」

途切れ途切れにエイセイを呼び、終わりのない快楽に溺《おぼ》れていく。

リュエルの身体を穿《うが》ちながら、エイセイの腕が回ってきた。

土の石のある場所を、エイセイの掌が包んでいる。いつものように、そこが、ぽう、と温かくなってきた。

「エイセイ……」

胸の熱が身体の中で広がっていく。リュエルの熱を感じたエイセイが、「ああ」と、恍惚《こうこつ》の声を上げていた。

「前と同じだ」

柔らかく息を吐きながら、エイセイが言った。

リュエルと初めて会ったとき、今と同じように、温かい何かに触れたのだと。自分を包むように触れてきたそれは一瞬のうちに消え去り、目の前にはおまえがいたのだと、エイセイが言った。

降りてきたエイセイにうなじを嚙まれる。僅かな痛みにブルリと身体を震わせたら、エイセイが逃がすまいとでもするように、ますます強く嚙んできた。呻《うな》りながら身体を揺らし、リュエルを征服しようとする様は、獣人のリュエルよりも獣のようだ。

「は、……は、っ、……く、……ぅ」

エイセイが小さく喘ぐ。喉を詰めた瞬間、エイセイの熱が爆発した。

うなじに息が掛かる。

「エイセイ……」

名を呼んだら、「……ん」という返事がくる。低く甘い声は、幼子のようにあどけない。

そんな甘えた声を出しながら、リュエルの身体を抱いたまま、エイセイは長い時間、ゆっくりと身体を揺らし続けていた。


朝起きたら、身体が動かない。

身体の節々が痛く、足の間にはまだ何かが挟まっているような感触がする。

大きな寝台の隣では、エイセイが安らかに目を閉じていた。左腕にはリュエルの尻尾が巻き付いている。

「おれの尻尾、どれだけエイセイのことが好きなんだよ……」

今は気分が落ち着いているので、自分の意思で尻尾を動かせたから、そっとエイセイの腕からそれを解いた。

「ん……」

ずっと身体に巻き付いていたものがなくなった違和感に、エイセイが眉を寄せ、小さく呻いた。長い髪は解けたまま、頭に布も巻いていない。

綺麗で静かな寝顔をじっと見つめながら、昨夜《ゆうべ》のことを思い出していた。

「……なんか凄かったな」

無口で無表情なエイセイの、あんな情熱的な姿を初めて見た。快感に翻弄されている様や、我慢しきれずに出した声。最初のうちは、リュエルが王の慰み者に進んでなろうとしていた

ことで、随分酷いことをされたような気がする。

……あれは嫉妬か。

昨夜のやり取りを思い出しながら、ニヤニヤしていると、エイセイがいきなり目を開けて、

「凄かったのはおまえだろう」と、普通に喋ったから吃驚した。

「起きてたのか」

「寝てないからな」

「嘘を吐くな」

寝台に寝そべったまま、ググッと伸びをしたあと、エイセイがジッとこっちを見つめてくるからたじろいだ。

「……なんだよ。なんか文句あるのかよ」

昨夜のことが照れくさくて、いきなりけんか腰になってしまったリュエルに、エイセイが溜め息を吐いている。

「多くは望まないが、もう少し……、まあ仕方がないか」

諦めたような声に、「何がもう少しなんだ」と食い下がるが、エイセイは「いい」と、冷たい声を出すから焦った。

昨日のあれのすぐあとの朝なのに、まったく変わらない態度のエイセイに、不満が募った。

せっかく二人で迎えた初めての朝で、昨夜はあんなに……あんなだったのに、もう少しこう、

甘い言葉とか掛けてくれてもよさそうなのに……とまで考えて、ハッとした。

あっちも同じことを考えていたんじゃないか。

「エイセイ」

「なんだ」

「あの、おれ、昨夜はその……、なんというか、凄く、……エイセイが凄くて、足の間にまだなんか挟まってるような気がし……ぎゃうっ」

なんか気の利いたことを言おうとして言葉を重ねているリュエルの尻尾を、エイセイがいきなり摑んだから悲鳴が上がった。

「何すんだよっ！」

「おまえが馬鹿だからだ」

「馬鹿って言うな！　尻尾握んな！」

せっかくの二人で初めて迎える朝なのに、いろいろ台無しになってしまった。

「朝から馬鹿言ってないで、朝食でも食べに行くか」

「うん。……あ、ガガリ、あれからどうしたかな」

部屋に戻ってからそのままになってしまい、今更心配するリュエルに、エイセイは「ちゃんと話をつけている」と、いつものように平静に言った。

「隊員の後始末は、隊長の仕事だからな」

「迷惑な話だな」


「まったくだ。おまえのせいで余計な苦労を強いられた。迷惑な話だな」

即座にそんなことを言うから、「おまえが言うな」と、また喧嘩が始まる。

「俺が一番物申す権利があるんだろうが」

「そうなのか？」

ふうー、と大きな溜め息を吐かれた。

「どうでもいい。行くぞ」

起き上がったエイセイが、衣服を整え、頭に布を巻いている。

「朝食を食べたら、今日はどうしようか」

アバル王国には、あと数日滞在する予定だとガガリが言っていた。

「市場にでも行くか」

それからは、今度はもっと西に行こうと計画を立てているみたいだ。

「うん。長剣が欲しい。エイセイ、おれに合うやつを見繕ってくれよ」

「ああ、いいぞ」

西の果てまで行ったら、リュエルのかつての村の近くまで行くことがあるだろうか。

「刀ってないのかな」

「どうだろう。アズムルからの商船が来ているみたいだから、もしかしたら入ってきているも無理だろうな」

「しかし、刀を購入するとなると、今までのおまえの給金じゃ買えないぞ。俺の金を足して

「あったらいいな」

かもしれないが」

「え、そんなに高いのか」

「当たり前だろう」

「エイセイ、市場の帰りに、また海が見たい」

「ああ、いいぞ」

いつか船に乗って、エイセイの故郷に行ってみたいと思う。

海に囲まれた小さな島国の波は、どんな音を聞かせてくれるのだろう。

「エイセイ、おれ、おまえとずっと一緒にいるからな」

リュエルの言葉に、エイセイが「なんだ、唐突に」と僅かに目を見開いた。

胸の中にあるエイセイの故郷の石を確かめるようにして、そこに手を置く。

大切なものはここにある。

もう離れ離れになることがないように、ずっといることを、リュエルは神の石に誓った。

リュエル
瞳＝金
銀がメインので、黒はインナーカラー。
うしろ
耳抜きフードポンチョ
ふわふわ
背骨に沿って肩甲骨あたりまで？
耳やしっぽ。先っぽは黒

エイセイ
飾り編
基本的に
腰布と同じ
色・柄
黒(瞳も)
うしろ長い
ピアス(雫型)
襟や袖は
桜モチーフ

サブ
※入るかは未定です
ガガリ
黒クセ
じゃらじゃら
瞳うすいブルー
?褐色?
トーン
ドゥーリ
古傷とか…
白アクセサリじゃらり
イザドラ
キツ。
グレーのサビ
リュエル母
ねこ味強。

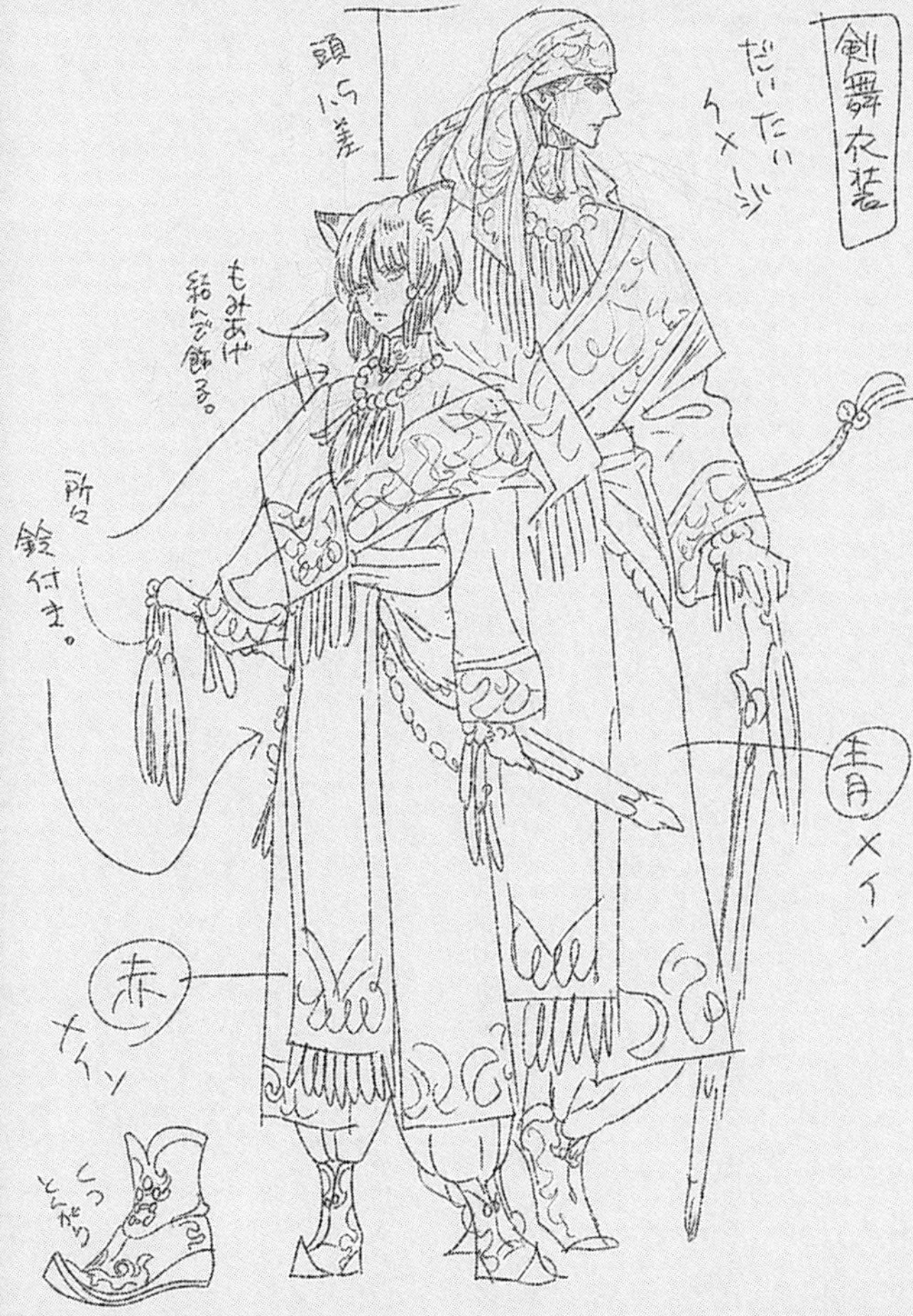
剣舞衣装
だいたいイメージ
頭1.5差
もみあげ結んで飾る。
所々鈴付き。
青メイン
赤メイン
くつとんがり

あとがき

こんにちは。野原滋です。このたびは拙作「獣の誓いと水神の恋」をお手に取っていただき、ありがとうございます。アラブっぽいけどアラブではなく、エキゾチックジャパン！ほんの少し和の風味も加わった、オリジナルファンタジーです。

無表情で辛辣な言葉を吐く、内心がまったく見えない攻めと、ちょっとお馬鹿なやんちゃ受けという、自分的には大変好みのキャラで書かせていただきました。一番のお気に入りはガガリなのですが（笑）。

イラストをご担当くださった奈良千春先生。美麗なキャラをありがとうございました！初めてラフをいただいたとき、あまりの美しさに飛び上がりました。本作を手に取るのが楽しみです。

担当さまにもいろいろとご心労をおかけしまして、大変お世話になりました。

最後に、拙作をお読みくださった読者さまにも厚く御礼申し上げます。

大陸を渡り歩くキャラバン隊のちょっとした冒険譚と、お互いに秘密を隠したまま惹かれ合っていく人族と獣人との恋の行方を、楽しんでいただけたら嬉しいです。

野原滋

✦初出　獣の誓いと水神の恋……………書き下ろし

野原滋先生、奈良千春先生へのお便り、本作品に関するご意見、ご感想などは
〒151-0051 東京都渋谷区千駄ヶ谷 4-9-7
幻冬舎コミックス　ルチル文庫「獣の誓いと水神の恋」係まで。

幻冬舎ルチル文庫

獣の誓いと水神の恋

2021年5月20日　第1刷発行

✦著者	野原 滋　のはら しげる
✦発行人	石原正康
✦発行元	株式会社 幻冬舎コミックス 〒151-0051 東京都渋谷区千駄ヶ谷 4-9-7 電話 03(5411)6431［編集］
✦発売元	株式会社 幻冬舎 〒151-0051 東京都渋谷区千駄ヶ谷 4-9-7 電話 03(5411)6222［営業］ 振替 00120-8-767643
✦印刷・製本所	中央精版印刷株式会社

✦検印廃止

ISBN978-4-344-84864-1　C0193　Printed in Japan